マドンナメイト文庫

童貞少年と友人の美熟母 蔵で濡れる甘美な女体

綾野 馨

目次
contents

童貞少年と友人の美熟母　蔵で濡れる甘美な女体

プロローグ

一目惚れだった。

その姿を見た瞬間、折原拓海の全身は雷に打たれたような衝撃に見舞われた。顔がのぼせたように赤らみ、心臓がその鼓動を一気に速めたのがわかる。

六月下旬、期末試験まで一週間と迫ったこの日の放課後、高校一年生の拓海はクラスメイトの有坂洋介に連れられその自宅を訪れていた。部活に明け暮れ、中間テストの成績が赤点ギリギリであった洋介に請われ、テスト勉強を見てやるのだ。

そこで出会ったのが洋介の母親。年齢は三十代半ばくらいだろうか、一目見た瞬間、拓海は心を鷲摑みにされてしまった。

オフホワイトのくるぶし丈のワンピースは清潔感と透明感に溢れ、洋服越しにも友母がグラマーであることがわかる。そして美人女優やモデルと言っても通用しそうな相貌は、品のよさを漂わせつつもそこはかとない色気を醸し出していた。

「は、初めまして。折原、拓海です。お、お邪魔、します」

挨拶の声は緊張で上ずり、油切れのロボットのようなぎこちなさで頭をさげる。

「洋介の母の美也子です。今日はよろしくお願いしますね。さあ、あがって」

「は、はい。失礼します」

耳朶をくすぐる優しい声に胸の奥をざわめかせた拓海は、もう一度頭をさげてから靴を脱いだ。出されたスリッパをつっかけると、どこか呆れ顔の洋介に導かれるまま階段をあがり、友人の部屋へと向かった。

「折原、お前、母さんに対して緊張しすぎじゃない」

勧められ、勉強机の前に用意されていた丸椅子に腰をおろすと、制服からTシャツと短パンに着替えた洋介が苦笑混じりに茶化してきた。

「いや、だって、まさか有坂のお母さんがあんなに若くて綺麗な人だったなんて思わなかったからさ。もしかして、モデルさんかなにか？」

「そんなワケあるか。普通の専業主婦だよ。それにさ、若くもないぜ。今年四十一かな、どこにでもいる中年のオバサンだよ」

「えっ!?　そうなの？　とても四十歳を超えているようには見えなかったけど」

「おいおい、折原、お前、ババ専だったのかよ」

「そ、そんなことはないけど、でもやっぱり綺麗だと思うよ」

からかうような友人の言葉に反論しつつもその自覚はあった。というのも、父子家庭で育った拓海は物心つく前に母を亡くしており、同年代よりも大人の女性に惹かれる傾向にあったのだ。

（でもこの感覚は普通にお母さんがいる家で生活していたらわからないだろうな）

「わかった。あとで母さんに『折原が綺麗だって言っていたよ』って言っておくよ」

「いや、そんなことはわざわざ伝えてくれなくていいんだけど……そもそもそんなこと言われても、お母さん、返事に困るだろうし。ほら、それより勉強はじめるぞ。確か英語と古文だったよな、特にヤバいって言っていたの」

洋介の言葉に今度は拓海が苦笑を浮かべ、話題を変えるように学生鞄から教科書とノートを取り出すのであった。

第一章　麗しい友母の蕩けるご奉仕

1

　高速道路をおりて十分、車は街の中心部に差しかかっていた。とはいえ高いビルなどはなく、古そうな趣ある建物や店舗が点在している。観光客だろうか、大きな荷物を持ちスマホで写真を撮りながら歩いている人の姿もチラホラ目にする。

　七月の最終週に入った火曜日。時刻は午後一時前。午前八時すぎに東京を出発してから五時間弱。ようやく長野県北部のとある市へと到着した。

「もうすぐ着くわよ。ここからならあと五分くらいかな。なにもない田舎でしょう」

「いえ、そんなことは……こうして見ていると蔵のある家、多いんですね」

国産のラグジュアリーSUVの運転席に座る美也子の言葉に、ボーッと車窓からの風景を眺めていた拓海は首を振った。ここは友人の母親、友母の出身地なのだ。

「ええ、昔なんらかの商売をしていたお家にはいまでも蔵が残っているわね。まあ、おばさんの実家もその口なんだけど……でも、本当にごめんなさいね。せっかく夏休みに入ったばかりなのにこんな田舎にまで連れてきてしまって」

「そんなことないです。家にいてもやることないですし……一週間もお世話になってしまうなんて逆に申し訳ないくらいです。少しでもお役に立てるよう頑張ります」

チラリとこちらに視線を向けてきた友人の母親に、拓海は拳を握ってみせた。美しい熟女の頬に優しい笑みが浮かび、それだけで胸がキュンッとしてしまう。

このあたりは明治から昭和の初めにかけて製糸業が盛んな地域だったらしく、友母の実家も大正の終わり頃までは製糸場を営んでいたらしい。その頃に建てられた蔵が残されており、そこの整理と掃除の手伝いをすることになっていた。

本来なら美也子の息子、拓海の友人である洋介が来るべきなのだが、部活動の合宿と見事に時期が重なってしまい不参加。その代役を頼まれたのが拓海であった。父親が長期の海外出張中で夏休みにどこも行く予定がなかったこともあり、避暑を兼ねた小旅行気分で手伝いをさせてもらうことにしたのだ。

(それに手伝いに来れば一日中おばさんのそばにいられるわけだしな)

ちょうど一月前、洋介の勉強を見てやるために訪れた有坂家で美也子と出会ってからというもの、拓海の中で友だちの熟母の存在が日に日に大きくなっていたのだ。

「ええ、期待しているわ。あっ、着いたわ、ここよ」

「ひ、広い……」

幹線道路から一本入ったところに建つ美也子の実家は、東京生まれ東京育ちの拓海からすればとんでもなく広い敷地を有していた。車が余裕で十台以上は駐車できそうな前庭の向こうに築百年越えの立派な母屋が建っている。その隣には現代的な家も建っており、母屋から少し離れたところに漆喰壁の蔵が二棟並んでいた。

前庭にはすでに三台の車が駐められている。地元ナンバーの軽自動車とミニバン、そして東京ナンバーの国産の二人乗りオープンカーだ。その並びに車を駐めた美也子に導かれ、高級旅館かと見まがうほどに立派な玄関から母屋へと足を踏み入れた。

外観の重厚な趣とは違い中は現代風にリフォームされていた。案内されたLDKは四十畳はありそうな広さであり、前庭に向かって大きな掃き出し窓もあって開放的で明るい。そこには四人の男女が待っていた。

七十歳前後と思われる美也子の両親。家を継いだ友母の弟で市役所に勤めている長瀬聡史（せさとし）の妻の紗耶香（さやか）。そして紗耶香の実妹で東京の大学に通っている守野智咲音（もりのちさと）。どうやら東京ナンバーのオープンカーは智咲音の車のようだ。

紗耶香はどこかおっとりとした雰囲気を持つ三十二歳の女性で、美形だが全体的に柔（やわ）らかい印象を与えてきた。対してその妹の智咲音は美しい顔立ちのスラリとした二十歳の長身美女であり、切れ長の瞳が少し気の強さのようなものを感じさせる。

「折原拓海です、今回はお世話になります。よろしくお願いします」

美也子からみんなを紹介された拓海はそう言って頭をさげ、持参していたキャリーバッグから手土産（てみやげ）の菓子折を取り出し、差し出した。

「あらあら、こんな気を遣ってくれなくてもいいのよ。ありがとう。よく来てくれたわね。作業は明日からだから、よろしく頼むね。田舎のじいちゃん、ばあちゃんの家だと思ってゆっくりしていきなさい」

「はい、ありがとうございます」

白髪に品のよい微笑（ほほえ）みを浮かべた友人の祖母に、拓海も笑顔で頭をさげた。

その後、美也子によって家の中をひととおり案内された。一階にはＬＤＫのほかに両親の部屋と客間。トイレに洗面脱衣所、浴室があった。

そして黒光りしている厚い踏み板の階段を使って二階へ、これから一週間、使わせてもらう部屋へと案内してもらった。その途中で母屋の隣の家が弟夫婦の家であることと、紗耶香の妹である智咲音も今回、母屋の二階を使うことを説明された。

二階には五部屋あるようだが、うち二部屋は現在荷物が置かれているらしく拓海は前庭に面した部屋を使わせてもらうことになった。部屋は八畳近い広さの洋間で、部屋の隅に畳まれている布団以外、調度品のたぐいもなく実際以上に広く感じる。美也子は一番奥の部屋を使うらしく、拓海の使う部屋の隣を女子大生が使用するらしい。

「荷物を置いて落ち着いたら下に来て。明日からの打ち合わせをするから」

「はい、わかりました」

美也子の言葉に頷いた拓海はキャリーバッグを床に置き、ふぅと息をついた。

2

二棟並んで建つ漆喰壁の蔵、一棟の大きさは都内に建つ狭小住宅くらいだが、その重厚感はやはりすさまじく、威風堂々としている。

美也子の実家に来た二日目、水曜日の午前九時前。天気は快晴、気温は二十度を少し超えたあたり、内陸性気候のため湿度も低くすごしやすいなか、いよいよ蔵の整理と清掃がはじまろうとしていた。

「大切な物をしまっておく場所だから当たり前ですけど、ほんと頑丈そうですね」

黒いTシャツにジャージのズボン、両手に軍手をはめた拓海は蔵の鍵を開けている友母の父親の後ろ姿を見ながら、隣に立つ美也子に語りかけた。

蔵の前には美也子の弟である聡史以外の六人が揃っていた。つまり、拓海、美也子とその両親、そして聡史の妻である紗耶香とその妹の智咲音だ。

「さして大きくはないのに存在感は大きいのよね」

同じような格好をしている美也子が頷きながら返してくる。

（おばさん、どんな格好をしていても綺麗だなあ。それにほんとスタイルいいよな。というか、オッパイ、すごく大きい）

白いTシャツを盛大に押しあげる熟女の膨らみに小さく生唾を飲んでしまった。一月前に初めて会って以降、妄想の中では毎晩のように揉みしだいている豊乳。その乳房が手をのばせば触れられるところにある現実に妙な興奮を覚えてしまう。そのせいかジャージの下のペニスがピクッと震え体積を増そうとしていた。

（ヤバい、いま勃ったら大きくしてるがバレちゃうかも）

ジャージの股間部分が不自然に盛りあがりそうな気配に、拓海は内心大慌てとなった。だが、鼓膜を震わせる女子大生の言葉で意識をそちらに移らせることができた。

「へぇ、扉って三段構造になってるんですね」

「そう、この一番外側のが漆喰の塗り籠め戸、これが一番頑丈で重たい。そして真ん中が厚みのある板戸。この二つには鍵がついている。それで最後が格子戸だ」

興味深そうに眺める智咲音に説明しながら、美也子の父親が格子戸を横に開いた。

「うわっ、埃っぽい」

開いた蔵の中を覗きこんだ女子大生がすぐさま顔を引っこめる。

「当たり前でしょう、ずっと閉めきってたんだから。その掃除の手伝いに来てるってこと、忘れてないでしょうね」

妹の態度に紗耶香が呆れたように首を振り苦言を呈している。

「いや、さすがにそれは忘れてないから」

「はい、はい、じゃあ、みんな、昨日の打ち合わせどおりにお願いね」

苦笑混じりに返した智咲音に柔らかな笑みを向けながら、美也子の母親がパンッと手を打ち鳴らし、清掃開始を宣した。

「お願いね、拓海くん。男の子は一人だから、期待しているわよ」

「はい、お役に立てるよう頑張ります」

美しすぎる相貌に魅力的な微笑みを浮かべる美也子に胸をキュンッとさせられながら頷いた拓海は、気合いも新たに蔵の中へと足を踏み入れた。確かに智咲音の言うように埃っぽく空気がよどんでいる感じはするが、漆喰効果ともとから湿度の低い地域であることが影響してか、湿っぽさは感じられない。

火事から家財を守るために作られているため窓などはないが、それではあまりに不便と五十年ほど前に照明を取りつけたらしく、蛍光灯が点ると中の様子がはっきりとわかった。蔵の中ほどには二階へとあがるための急階段が見える。

埃が積もり白くなっている床は厚めの板張りであり、そして一階部分の床には長持ちや木箱が無造作に積まれ、昔なにかに使っていたであろう木製の器機も複数置かれている。さらに奥の壁には襖大の木の板が何枚かあるようだ。

「思ったよりも階段、急なんですね」

「そうなのよ、だから二階の物は気をつけながら持っておりないと、足を踏み外したら大怪我しちゃうわ」

「そうですね、気をつけます」

掃除は上から下が基本ということで、この日は一つ目の蔵の二階部分を中心に行うことになっていた。友母の言葉に頷き急階段をのぼって二階にあがると、一階と同じで床は厚めの板張りでやはり埃が積もっている。そして床には茶碗や掛け軸が入っていそうな大小さまざまな木箱や段ボールが適当に置かれていた。そのほか目につくものとしては、昔使っていたと思われる瓶（かめ）やヤカン、火鉢（ひばち）などの生活雑貨、無造作に畳まれている屏風（びょうぶ）などがあり、まさに雑然（ざつぜん）といった印象だ。

「これ箱に入っているのは全部、骨董品（こっとうひん）ですか」

「そう、大正の初め頃は羽振（はぶ）りがよかったみたいで、その頃に購入した物じゃないかな。まあ、価値のある物はないと思うけど、捨ててしまうのもなんか気が引けてね」

　あとから階段をあがってきた智咲音の言葉に、ゆっくりとした足取りでやってきた友人の祖父がシミジミとした感じで答えていた。

「だからこうして少し整理しようってことになったんじゃない。危ないからお父さんはお母さんといっしょに外で待っていて。これは私たちが全部運び出すから」

　怪我を心配する美也子に、父親は頷きながらゆっくりと階段をおりていった。

「じゃあ、はじめましょうか」

　ふっとひとつ息をついた美也子の言葉を合図に、まずは無造作に置かれている荷物の運び出しがはじまった。急階段をのぼりおりしなくてはいけないため、実際に外へと持って出る作業は拓海と智咲音の若い二人が担当し、美也子と紗耶香は持ち出しやすいよう階段の手前まで荷物を移動させてくれた。

気温も湿度もたいしたことないとはいえ、さすがに急階段の往復はキツく汗だくとなってしまう。だが、作業はまだ序の口であり、二階部分の荷物が全部なくなるとようやく本格的な掃除がスタートする。箒で埃を集め綺麗にすると次はモップを使って水拭きを行い、最後に雑巾で乾拭きをしていく。その間に蔵の外では美也子の両親が持ち出された荷物を改め、いらない物は捨て、必要に応じて水洗いをしたり、陰干しをしたりの対処をしていた。

蔵掃除は四人で休憩を取りながらの作業であったが、それでも一段落ついたのは午後二時前であった。その後、母屋に戻って美也子の母親が用意してくれた素麺を食べ、持ち出した大小の箱を再び蔵に戻す作業を行ったのだ。

戻す際もただ適当に置いたのでは意味がないため、掛け軸は掛け軸で一箇所にまとめ、茶器なども箱の大きさごとに集めるように整理していく。不要なものは捨てたという関係もあるのだろうが、だいぶスッキリ片付いた印象だ。

「ふぅ、お疲れ。今日はここまでにしてシャワーでサッパリしましょう」

「お疲れさまでした。まさか、こんな汗をかくとは思いませんでした」

整頓された蔵の内部を見渡した美也子の言葉に、智咲音がボディシートで額や頬の汗を拭いながら返している。拓海もそうだが、二階部分で作業をしていた四人は全員、汗だく状態であった。友母と女子大生はともに白いTシャツを着ていたこともあり、ピッタリと汗で肌に貼りついた布地からうっすらとブラジャーが透けている。赤いポロシャツを着ていた紗耶香もだいぶ汗をかいている様子だが、さすがにブラジャーが透けて見えることはなかった。

美也子はもちろん、スラリとした印象の智咲音も乳房がそうとうに豊かであることが窺える。そんな二人に比べれば慎ましいが三十路妻の胸元もしっかりとした盛りあがりがあり、拓海のペニスがまたしてもピクッと反応してしまった。

（いままで作業でそれどころじゃなかったけど、改めて見るとけっこうエッチな感じになっちゃってたんだな）

胸元を見ていたことに気づいたのか智咲音がチラッとこちらに視線を向けてきた。

その瞬間、ハッとなり慌てて視線をそらせると逃げるように先に階段をおりた。

「智咲音はウチでシャワーを浴びてちょうだい。そうすれば母屋のお風呂はお義姉さんと拓海くんにすぐ使ってもらえるし」

「うん、わかった」

一階におりてきた紗耶香の言葉に女子大生が素直に頷く。

「拓海くんも先にシャワーどうぞね。おばさんはあとでいいから」

「いや、ちょっと待ってくれ。拓海くん、悪いんだが、明日の段取りをしたいから少し残ってくれるかい」

「はい、わかりました。ということみたいなので、おばさん、お先にどうぞ」

美也子の言葉にその父親から待ったがかかり、拓海は友人の祖父と二人、蔵に残ることになったのであった。


（ふぅ、もしかしたら明日のほうが大変かもしれないな）

まだ少し作業をするという友人の祖父を残し、拓海は一人母屋へと戻ってきた。蔵の一階には製糸場を営んでいた頃の座繰り器がいくつか残っている。それ自体は大きくないため持ち運びは楽そうだが、問題はいくつか置かれていた長持ちだ。中身は書き付けなどの紙類でいっぱいになっているため、重たくてそのままでは持ちあげることができそうにない。そのため中身をまず出す作業をする必要がありそうなのだ。

「ただいま戻りました」

立派な玄関から家の中にあがると、リビングから美也子の母親が出てきた。

「お帰りなさい。ご苦労さまでした。お風呂沸いているから入ってちょうだい」

「ありがとうございます。ではお先にお湯いただきます」

差し出されたバスタオルとフェイスタオルを受け取った拓海は、そのまま階段をあがってあてがわれた部屋に行くと着替えを持ち、すぐさま一階の浴室へと向かった。

（シャワーを浴びさせてもらったら、今日中に少し長持ちの中の物を出して家に移しておいたほうがいいかもしれないな）

そんなことを考えながら洗面脱衣所へと通じる立派な一枚板の引き戸に手をかけ、すっと横に開いた。直後、両目を見開いてしばし金縛（かなしば）り状態となってしまった。

（えっ!?　なに？　なんでおばさんが……）

引き戸の先に見たもの、それは友人の熟母である美也子の全裸であった。シャワーを浴びて出てきたばかりなのだろう、友母は手にしたバスタオルで髪の毛を挟みこむように拭いていた。

砲弾（ほうだん）状に突き出したたわわな双乳、その先端に鎮座（ちんざ）する茶色の乳首の先っぽから水滴が滴（したた）り落ちている。腰回りの括（くび）れはそれほど深くないが熟した女性の柔らかさを感じさせ、デルタ形の陰毛は濡れて肌に貼りついていた。

「た、拓海くん!?」

「ご、ごめんなさい」

すべてがスローモーションのように見えていたがほんの刹那の出来事。驚いたように身体をビクッとさせた美也子の声で一気に現実へと引き戻された拓海は、裏返りそうな声で謝罪を口にすると大慌てで引き戸を閉めた。

近くの壁に背中を預け胸に手を当てると、脈打つ心臓がその鼓動を速めているのがわかる。いまさらながらに呼吸も乱れてきた。

(まさか、おばさんがまだ入っていたなんて……おばさんの裸、見ちゃったよ)

ほんの一瞬であったはずなのに、脳内レコーダーには憧れの女性の裸体が鮮明に記録されていた。いかにも熟して柔らかそうな肉体。思い出すだけでジャージの下ではペニスが一気に屹立し、痛みを覚えるほどになった。

着替えやタオル類を左手で胸に抱え、自由になった右手で強張りをギュッと握る。ゾクッと背筋が震え硬直が嬉しそうに胴震いを起こす。直後、引き戸が内側から開けられ、しっかりと服を着た美也子が出てきた。

「お待たせ、拓海くん」

「あっ、は、はい。あの、す、スミマセンでした。僕、おばさんがまだ入ってるって知らなくて、それで……」

とてもではないが正視することができない。そのためうつむき加減で頭をさげた。

「いいのよ、気にしないで。さあ、早くシャワーを浴びてスッキリしてきなさい」

「は、はい。ありがとうございます」

友母の優しい声に再び小さく頭をさげ、拓海は洗面脱衣所へと入った。引き戸を閉め一人きりになった瞬間、強張っていた全身からすっと力が抜けていく。

（ほんの数分前まで裸のおばさんがここに……）

脳裏には美也子の熟体が思い出され、早くしごけと急かすようにペニスが跳ねあがっていく。大きく息を吸いこむと、心なしか熟女の残り香も感じられる気がする。

「あぁ、おばさん……」

切ない呟きを漏らした拓海は服を脱ぐと、勃起ペニスを抱えたまま浴室へ入った。

3

（やっぱり一度ちゃんと話したほうがいいかしら……）

午後十一時すぎ、実家二階の部屋。フローリングの床に敷かれた布団に横たわる美也子は、暗い天井を見あげ小さく息を吐いた。

夕方、この日の蔵掃除を終えシャワーを浴び脱衣所で身体を拭いていたとき、なんの前触れもなく引き戸が開けられたのだ。ギョッとした美也子が見たものは驚きに両目を見開き立ち尽くす拓海の姿。熟女の声かけにハッと我に返った様子で謝り、引き戸を閉めた少年の慌てふためきぶりは可哀想なほどだった。

（あの態度を見れば私がいるって知らなかったみたいだし、完全に事故よね）

四十路をすぎ若い頃に比べていろいろと崩れかけている身体。いまさら見られても若い頃のような恥じらいを覚えることもない。息子の同級生、十代の男の子にすれば四十すぎのオバサンの裸など見たくもなかったに違いない。

だが服を着て脱衣所から出た美也子に対し、その場にとどまっていた拓海は申し訳なさそうにうつむき再び謝罪を口にしてきたのだ。

（ただでさえ洋介の代わりにこんなところまで来てもらっているのに、変なものを見せちゃってかえってこっちが申し訳ないくらいよね）

息子の友人に実家の蔵整理を手伝ってもらうことにはやはり申し訳なさがある。本来は洋介がやるべきこと。しかし、部活の大会前合宿と重なってしまっていたのだ。

「折原に頼めばいいじゃん。あいつの家、お母さんは亡くなっていてお父さんと二人暮らしなんだけど、そのお父さんも海外に長期出張中らしくて実質一人暮らしなんだよ。だから夏休みも予定ないらしくてさ、それにこの前ウチに来たときに母さんのこと綺麗だって言っていたから、母さんが誘えば来てくれるんじゃないかな」

「バカなこと言わないの。でも、そうね……紗耶香さんの妹の智咲音ちゃんが手伝いに来てくれるらしいけど、聡史は仕事でいないだろうし男手は足りないのよね。悪いんだけど、洋介、いちおう折原くんに都合、聞いてくれるかしら」

無責任な息子の言葉に呆れつつ、美也子は自然とそう返していたのだ。

部活にばかり力を入れ勉強が疎かになっていた洋介のテスト準備を手伝ってくれた少年。たった一度、短く言葉を交わしただけの男の子ではあったが、直感的に信頼のできるいい子なのではという思いは抱いていたのだ。

（結果、手伝いに来てくれて、実際に今日もすごくよく働いてくれたから大助かりなんだけど……夕食の席でも私のほうを見ないようにしているようだったし、気まずいままだと明日以降に差し障るわよね。それに誰かに不審に思われたら厄介だし……はぁ、やっぱり話をしに行ったほうがいいわね）

一人頷いた美也子は布団から抜け出すとそのまま部屋を出た。電気を消した部屋で横になっていたため廊下の暗さもさして気にはならない。拓海の隣の部屋には智咲音がいる。夜遅くに熟女が息子の友人の部屋を訪れるのはけっして褒められたことではないだろう。そんな思いから自然と足音を殺した歩き方になる。

拓海の部屋の手前で立ち止まり一度呼吸を整(ととの)えた。ふっと小さく息をつき扉の前に進んだとき、部屋の中から「おばさん」「おばさん」という呟きがかすかに聞こえてきた。もしや急病になり苦しんでいるのでは、そう感じた美也子は扉をノックすることも忘れそのままドアを開けてしまった。

「大丈夫、拓海、く、ん……」

勢いこんで発した言葉は、飛びこんできた光景に尻すぼみしていった。

息子の友人は床に敷かれた布団の上で下半身を丸出しにしてあぐらをかき、股間にそびえる物体を右手でこすっていたのだ。

「おッ！　オッ、おばさんッ!?　あっ、あの、これは……す、スミマセン」

夕方とは逆の立場。突然の熟女の乱入に取り乱した様子の拓海が慌てて両手で股間を覆(おお)い隠し、謝罪の言葉を口にしてきた。

「い、いいのよ。私こそ、ごめんなさい。いきなり入ってきてしまって。私を呼ぶ声が聞こえていたから、具合でも悪いのかと思って、それで……」

美也子も少年から視線をそらせ謝り返したのだが、直後、ある事実に思い当たり愕(がく)然(ぜん)とした。

(ちょっと待って。この子、私のことを呼びながらオチ×チンを……ということは、えっ！　まさか私の、こんな四十すぎの中年のオバサンを想像してそれで……）

　自慰をしている場面に遭遇したことの衝撃で見落としそうになったが、ペニスを握りながら確かに「おばさん」と口にしていたはずだ。であれば拓海は友人の母親、四十路の美也子を想像しながら強張りをしごいていたことにはならないか。その考えに至った瞬間、熟女の下腹部にズンッと重たい疼きが走った。

（ヤダわ、私、なにを……いくら長いことエッチしていないからって、拓海くんの、洋介のお友だちの行為で身体を反応させてしまうなんて、はしたなすぎるわ）

　夫と最後にセックスをしたのがいつか、もはや思い出すこともできない。もしかしたら十年近く遠ざかっているかもしれない。年齢を重ねオンナとして見られることがなくなったことには寂しさもあるが、「そんなものだ」というどこか達観した思いもあった。それだけに高校一年生の男の子が友人の母親を想像して、という背徳感に眠っていた性感が刺激を受けてしまったのだ。

（それにしてもまさかそんなことが……脱衣所で裸は見られてしまったけど、高校生の子が刺激を受けるようなものではなかったでしょうに。あっ！　もしかして、おばさんって私ではなく、ほかの誰かだったのかも）

　そこに思い至ったとたん、勝手に思いこみ先走った想像をした自身が恥ずかしく、頬が一気に赤くなるのを感じた。

「ほんとにごめんなさいね。あの、確認なんだけど、おばさんのことを想像してってことではなかったのよね。誰かほかの人を……」

思わず問いかけてしまった美也子に、両手で元気を失った淫茎を隠したままの拓海が潤みかけた目をこちらに向けながら思わぬ告白をしてきた。

曰く、幼少期に母を亡くしているため同世代よりも大人の女性に強く惹かれてしまい、先月、家に来た際に初対面の美也子に一目惚れしてしまったというのだ。

(じゃあ、やっぱりこの子は私の身体を想像して、それで……)

あまりに予想外の言葉に困惑の表情が浮かんでしまう。だが同時に母性を強く刺激されてもいた。そして、少年が自身を思ってペニスを握っていた事実に接し、改めて子宮に鈍痛が襲ってきた。下腹部のモヤモヤが一気に増大し、もう使われることはないと思われていた膣襞がにわかにざわめきだしてしまう。

(あんッ、ヤダ、私の身体、本格的に……)

ボリューム満点の双臀が切なそうに左右に揺れ動く。

(でも、拓海くんの感情は恋愛云々ではないわよね。ただ、母親を……その愛情を求めてるんだわ。だから、私みたいなオバサンの身体を想像して……)

肉欲と肉親の情を欲する心が混同しているのだろうとは思うが、それとは別に自身がまだオンナとして見られていることが妙に嬉しく感じられた。

「本当にスミマセン。僕にこんなこと言われても気持ち悪くて、ご迷惑なだけだってことはわかってるんですけど……」

「あっ、いいえ、そんな気持ち悪いなんてことはないわよ。ちょっと驚いたけど、拓海くんの気持ちはとっても嬉しいわ。ありがとう」

黙ってしまった美也子に不安を募らせたのだろう。少年が辛そうな顔で深く頭をさげてきた。そうとうな勇気がいる告白であったであろうことは想像できるだけに、そのいじらしさに母性がまたしてもギュッと鷲摑みされてしまう。

(この子の想いに応えてあげることはできないけど、それでもなにかはしてあげたいわね。でも、そんなことなにかあるかしら?)

口では喜びを伝えながらもこのまま退出してはけっきょく拒絶の意に捉えられ、ここを訪れる前となんら変化がない。それどころか少年の気持ちを聞いてしまったあとだけに、感覚的には悪くなってしまったのではないかという気さえする。

しかし、人妻であり母親である立場上、安易に拓海の気持ちに応えてやることはできない。その狭間で美也子の心は揺れ動いていた。

「ねえ、拓海くん。あなたの気持ちに応えてあげることはできないけど、せめて今日は私が、おばさんがあなたのを握ってあげるってことでどうかしら」

「えっ!?　お、おば、さん……」

「ほ、ほら、おばさんが急に来ちゃったからその……途中だったでしょう。だから、せめてものお詫びも兼ねて……それに先月は洋介の勉強を見てくれたでしょう。拓海くんが教えてくれた科目は平均近い得点が取れたって言ってたし……あっ、あと、おばさんの実家の蔵整理のお手伝いに来てくれたそのお礼も全部ひっくるめて……」

突然の提案に両目を見開き、真意を探るようにこちらを見つめてきた少年に対し、美也子は思わず口をついた言葉を取り繕う言い訳をあれこれと重ねていた。

(私、だいぶ大胆なこと言ってるわよね。友だちの母親からいきなり言われたら拓海くんが驚くのも無理ないわ。というかドン引きされてもおかしくないような……でも、元を正せばこの子があんな告白してきたからで……それにしてもなんでこんなことを……やっぱり久しぶりに男の人のモノを見ちゃったからそれで……)

自身の口から発せられた唐突な提案。少年の勇気ある告白に少しは報いてあげたいという気持ちと同時に、やはり一瞬垣間見てしまった勃起の影響もありそうだ。

「いや、そんなこと……すごく嬉しいですけど、おばさんに負担かけちゃうし……」

うっすらと頬を染めつつも躊躇いを見せる拓海。そのいかにも女性慣れしていない初心な感じが熟女の心を揺さぶってくる。

「うふっ、そんなこと、気にしないでいいのよ。これは拓海くんが受け取ることができる正当な対価だと思って」

（洋介、ごめんなさい。お母さん、あなたのお友だちと……）

　これから自分が行おうとしている行為を内心で息子に謝罪した美也子は、さらに大胆な行動に打って出た。着ていた七分袖のパジャマの裾を両手でクロスさせるように摑むと、そのまま一気に引きあげ脱ぎ捨てたのだ。タップタップと雄大に揺れながら砲弾状に突き出した熟乳があらわとなる。

「お、おッ、おばさん！　す、すごい、おばさんのオッパイが目の前に……す、すっごく大きくって柔らかそう……」

　若い頃に比べれば少し垂れてしまった乳房。だがそのボリュームは健在であった。ゴム鞠の弾力は失われたが、熟したことで蕩ける柔らかさを手に入れた肉房。十代少年の上ずった声と熱い眼差しに腰がぶるりと震えてしまった。

「実際にすごく柔らかいのよ」

　長らく感じることのなかったオンナとして求められる視線に子宮を疼かせ、美也子は両手で双乳を持ちあげてみせた。ずっしりとした量感と得も言われぬ柔らかさが手のひら全体から伝わってくる。

「あぁ、おばさん……」

「あんっ、すっごい、拓海くんのそこもまたそんなに大きくなって……」

かすれた声をあげた拓海が切なそうに顔をゆがめ、両手で股間をグッと押さえたのがわかる。視線をそちらに向けた瞬間、下腹部にこの日一番の鈍痛が襲った。美也子の登場に一度はおとなしくなっていたペニスが完全復活を遂げていたのだ。

「ご、ごめんなさい」

「謝らないで。おばさんのオッパイで反応してくれたなんてとっても光栄よ。もし反応してもらえなかったらそっちのほうがショックだわ。さあ、立って。そうすればすぐにおばさんが手で……」

「は、はい。よ、よろしくお願いします」

艶然と微笑みかけ右手を差し出してやると、恍惚の表情を浮かべる拓海が右手をのばしてきた。その手を掴み引きあげるように立たせてやる。

(あぁん、すごい。こんなお腹にくっついちゃいそうなほどになってるなんて……それにこの子のコレ、大きいかも)

操られたかのように立ちあがった少年は、いまやペニスを隠すことすら忘れた様子だ。そのため裏筋を見せそそり立つ強張りが遮るものなく飛びこんでくる。亀頭は早くもパンパンに張りつめ、鈴口から先走りが滲み出していた。また肉竿は血管が浮きあがり大人のそれに負けない太さであり、十年近くは受け入れていない夫のモノよりもたくましいのではないかとさえ思える。すると刺激を欲する柔襞が蠕動し淫蜜がパンティクロッチに染み出していく。

久しぶりの感覚に美也子の顔も上気していた。艶めいた瞳で少年のペニスを見つめたまま膝立ちとなると、オンナを刺激する香りがダイレクトに鼻腔粘膜をくすぐってくる。それがさらに肉洞をざわめかせ、熟女を背徳の沼に誘った。

「拓海くんのオチ×チン、とっても大きくって素敵よ」

鼻にかかった声で囁いた美也子は右手をのばし、隆々とそそり立つ肉竿の中ほどをやんわりと握った。手のひらが焼かれるのではと思えるほどの熱さと鋼のような硬さがありありと伝えられ、性交から遠ざかる四十路妻の淫欲をくすぐってくる。

「うわっ、あぁ、お、おばさん！　あぁ、嘘みたいだ。本当におばさんが、有坂のお母さんが僕のを……はぁ、気持ちよすぎて、こんなのすぐに……」

「いいのよ、出して。我慢しないでいっぱいピュッピュしてちょうだい」

（あぁ、ほんとに硬くて熱いわ。それにこすってあげるたびに先っぽからお汁が漏れてきてエッチな匂いがどんどん濃くなってる。はぁン、ダメ、早く終わりにしないと私のほうがたまらない気分になっちゃいそう）

たくましい勃起に美也子の性感が煽られつづけていた。熱い肉槍をしごいてやるたびに垂れ落ちた先走りが指先と絡み、粘ついた音を奏であげる。さらに鼻腔を襲う性臭に快楽中枢が揺さぶられ、知らず知らずのうちに豊臀が左右に揺れ動いていた。さらに、秘唇に感じる濡れた股布の感触が肉洞から溢れ出した淫蜜の多さを物語る。

「くッ、はぁ、おばさん、すっごい……ほんとに我慢できなくなっちゃう」

目のくらむような快感であった。自分で握ってこするのとはまるで別物の感触。女性のほっそりとして少しヒンヤリとした指でしごかれると、鋭い快感が脳天を突き抜け、煮えたぎった欲望のエキスを噴きあげんと睾丸が一気に迫りあがってくる。

（夕方、シャワーのときに一度出しておいてよかった。じゃなかったら握られた瞬間に出ちゃってたよ。それにしても、まさかおばさんがこすってくれるなんて……）

夕方、美也子がいることを知らずに脱衣所の戸を開け全裸を見てしまったあと、拓海は浴室で見たばかりの熟女の身体を思い出してペニスをしごき、一度性を解放していた。だがその後も友母の姿が視界に入るたびに股間が疼いてしまったこともあり、寝る前にもう一度と強張りをこすっていたのだ。

「我慢の必要なんてないのよ。おばさんの手で白いの出してちょうだい」

「あぁ、おばさん……」

目の前で膝立ちとなった美也子がうっすらと上気した顔で見あげてきた。ほんのりと潤んだ瞳の艶めかしさに腰が震え、硬直が跳ねあがる。滲み出した先走りがなめらかな熟女の指先に絡みつき、悩ましい摩擦音がさらに大きくなっていく。

(ほんとに出ちゃいそう……でもまだ、もっと……こんな機会二度とないだろうし、少しでも長くおばさんに……それにこすってくれるたびに大きなオッパイがユサユサと揺れていて……あぁ、有坂、ごめん。僕、お前のお母さんの生オッパイ見ながらシコシコしてもらっちゃってる……)

脳内に友人の顔が浮かんできた。母親がクラスメイトの勃起を上半身裸で握っているとは想像すらできないだろう。それを思うと申し訳ない感情が浮かんでくる。だが同時にその背徳感がさらなる興奮を呼び覚ましてもいた。

「あぁん、すごいわ。拓海くんのこれ、ピクピクしてきてる。それにエッチな匂いが強く……もう出そうなのね」

もしかした友母も勃起を握っていやらしい気分になってくれているのか、ふっくらとした唇から悩ましい吐息を漏らしている。さらに切なそうにヒップを左右にくねらせてもいた。その動きに連動するようにたわわな熟乳の揺れも大きくなっていく。

「はい、もうすぐ……あ、あの、お、オッパイに触らせてもらっても、いいですか」

「えっ？　オッパイ？」

「あっ、ごめんなさい。なんでもないです。あぁ、出ます。僕、本当に……」

欲望のままに口をついてしまったセリフ。美也子の驚き顔で一気に現実に引き戻された拓海は、慌てて首を振ると突きあがる快楽に身を任せようとした。

「うふっ、いいわよ。こんなオバサンのオッパイでよければ触ってちょうだい」

拓海の態度がおかしかったのか、熟女が優しい微笑みで頷いてくれた。

「お、おばさん！　ありがとうございます」

寸前までこみあげていた絶頂感はなんとか抑えつけた拓海は右手を友人の母親の左乳房へとおろしていった。ゴクッと生唾を飲み、逆手の状態で豊かな肉房をムンズと鷲掴みにしていく。とたんに手のひらいっぱいに初めての感触が襲った。

「あんッ」

「うわッ！　す、すっごい……」

美也子の甘いうめきにもゾクッとさせられつつ、拓海は感嘆の声をあげた。

(これ、本当にすごいよ。もうずっと触りつづけていたい。有坂ほんとにごめん。お母さんの大きなオッパイ、とんでもなく気持ちいい)

手のひらをいっぱいに広げてもとうてい全体を覆いきれないボリュームの乳肉。しっとりと吸いついてくるような柔肌は、まさに搗き立て餅のようにどこまでも指が沈みこんでいく柔らかさに満ちていた。ムニュムニュッと柔乳を揉みこむと、手のひらに密着する乳首が徐々に硬化していくのがわかる。

(有坂は赤ちゃんの頃、このオッパイを吸えていたなんて羨ましすぎるよ)

後ろめたさがありつつも友人に対する羨望が急速にこみあげてくる。

「ウンッ、いいわよ、揉んで。いまおばさんのオッパイは拓海くんのモノだから、ううん、好きなだけ触ってくれていいのよ。さあ、オッパイ触りながらこっちもいっぱい気持ちよくなって」

甘い囁きを漏らした熟女が悩ましく柳眉をゆがめ手淫速度をあげてきた。ヂュッ、グチュッと卑猥な擦過音が大きくなると同時にこみあげる射精感も増大していく。さらに美也子は右手で竿をこすりつつ空いていた左手を張りつめた亀頭に這わせ、指先で優しく撫でつけてきた。

「ンはぁ、ダメ、そこ刺激されたら僕、本当に出ちゃいます。あぁ、もっと、もっとおばさんの大きなオッパイ触っていたいのに、くッ、はあ、出る、僕、もう……おばさん、おっ、ばッ、さンッ！」

その瞬間は唐突に訪れた。亀頭裏のくぼみを爪の先で甘く引っかかれた直後、鋭い快感が脳内で炸裂し、眼前が一瞬にして白くなった。ビクンッとこの日一番の胴震いがペニスを襲い、張りつめていた亀頭が弾ける。その瞬間、猛烈な勢いで輸精管を駆けあがった白濁液が迸り出た。

「キャッ！　あんッ、嘘、か、顔に……」

「あっ、ご、ごめんなさい。ど、どうしよう、あの、僕、射精、止まらないよ」

枕元にポケットティッシュは置かれていたが、ペニスに被せる余裕はまるでなかった。実際に友母の美貌が己の精液で汚されていくさまを見ると、罪悪感が一気に湧きあがってくる。しかし、開かれた射精の蛇口はなかなか止めることができない。

「うんっ、いいのよ、仕方、ないわ。このまま全部、出し切って……あぁん、すっごい、拓海くんのミルク、とっても熱くてエッチな匂いがしてる。ダメ、こんなの嗅がされつづけたら、私……」

「本当にスミマセン。あぁ、出ます、僕、まだ、あッ、あぁぁ……」

匂い立つ色気を放つ熟女に背筋を震わせ、拓海はさらなる吐精をつづけた。

美也子の頬や鼻の頭に飛び散った粘液がドロリと垂れ落ち、ふっくらとした唇の端に沿うように顎先へと至る。そこからポトリとたわわな乳房に滴ると、深い谷間に向かって一筋の道を生んでいく。

(あぁ、ダメだわ、精液の独特の匂いを嗅ぐの久しぶりすぎるからなんか酔ってしまいそう。それにやっぱり若いのね、こんなにいっぱい出るなんて……)

顔面に放たれた十代少年の欲望のエキス。栗の花を思わせる強烈な香りが鼻腔粘膜を刺激してくる。その芳香に美也子は恍惚とさせられていた。膣襞が切なそうに蠢きながら大量の淫蜜を薄布に向かって滴らせていくのがわかる。

「本当にごめんなさい、僕……ええと、どこだ……あっ、あった、あの、これで顔、拭いてください」

射精の脈動が治まった直後、拓海はティッシュでペニスを拭うより先にアタフタした様子で部屋の隅に置かれたカバンを漁り、汗拭き用のフェイシャルシートを差し出してくれた。その顔はどこまでも不安そうであり、こちらのほうが罪悪感を覚えてしまいそうだ。

「ありがとう」

口を開ければ唇の端を通る粘液が一部口内に入りこんでくる。そのかすかな苦(にが)みとえぐみにすらウットリとしつつ、フェイシャルシートで顔に付着する精液を拭った。

「あんッ、ヤダ、胸にまで……」

顔を拭き人心地(ひとごこち)ついた美也子は、そこでやっと豊乳にも粘液が垂れ落ちていることに気づいた。新たなフェイシャルシートで柔らかな二つの膨らみが作り出す深い渓谷(けいこく)に垂れ落ちたモノも拭き取っていく。熟した肉房の柔らかさとボリュームがいやでも感じられ、昂(たかぶ)る肉体に新たな愉悦を生じさせてしまう。

(あぁん、本当に身体、敏感になってる。胸の汚れを拭き取っているだけなのに、あそこのウズウズがさらに強く……こんな感覚、本当に久しぶりだわ。部屋に戻ったら自分で慰(なぐさ)めないと眠れそうにないわね)

忘れていた性の悦(よろこ)び。息子の友人の勃起を握り射精を目の当(ま)たりにしたことで、それを完全に思い出していた。そこに戸惑いがないわけではないが、けっして嫌な感覚ではなかった。それが自然と美也子の頬を緩(ゆる)ませていく。

「あぁ、おばさん……」

鼓膜を震わせた陶然(とうぜん)とした呟きにハッとなり視線を向けると、ティッシュペーパーを手にした少年がペニスを拭うことも忘れた様子で双乳を見つめていた。

（あんッ、拓海の視線がまた胸に……ハッ！　すごい……あんなにいっぱい出した直後なのにまだあんなに大きく……）

熱い眼差しを乳房に感じ、熟女の腰が妖しく震えてしまった。キュンッと子宮が疼き新たな淫蜜が溢れ出す。下着はおろかパジャマのズボンにまで染みてきてしまいそうだ。だが、そんなことよりも美也子の意識を奪ったものは拓海の股間でそそり立つ強張りの存在であった。

大量の白濁液を人妻の顔面に放った少年のペニスは、射精などなかったかのように天を衝いていた。精を放った痕跡は亀頭をうっすらと白く濡らす精液の残滓と、絶えず鼻腔をくすぐる濃厚な性臭のみ。十代少年の旺盛さとたくましさに肉洞が嬉しそうに蠕動してしまう。

「すごいのね、拓海くん。まだそこ、そんなに大きなままだなんて」

「あっ！　こ、これは……おばさんが自分で大きなオッパイ拭いているのを見ていたらまた……本当にごめんなさい」

ウットリとした眼差しで熟女の豊乳を見つめていた拓海が我に返ったように慌てて両手で股間を覆い隠し、視線を床に向けながらこの日何度目とも知れない謝罪の言葉を口にしてきた。

「別に責めているわけじゃないのよ。だからそんな謝らないで。こんなオバサンのオッパイでよければ好きなだけ見てちょうだい。うふっ、そうだ。拓海くんのオチ×チン、おばさんが綺麗に拭いてあげるわね」

スレたところのない態度にまたしても母性をくすぐられた美也子は、艶然と微笑むと立ち尽くしていた拓海の前へと移動し、再び膝をついた。そして床に置かれたポケットティッシュから一枚抜き取り、改めて少年の淫茎と相対する。

「お、おばさん……」

「さあ、手をどけて」

戸惑った声を出す拓海の手に優しく手を重ね、そのままペニスを露出させていく。屹立があらわとなった瞬間、濃いめの性臭がツンッと鼻の奥を衝いた。ゾクゾクッと背筋が震え性感が揺さぶられてしまう。

(ほんとにすごい。出した直後でまだこんなお腹にくっつきちゃいそうな勢いを維持してるだなんて、十年前だってあの人は一度出したらもう……)

夫との性交はもう遠い過去の記憶。その記憶をたどってもいま目にしている拓海の強張りのたくましさは圧倒的だ。その若さ漲(みなぎ)る勢いのよさと、快楽中枢を揺さぶりつづける牡の香りが美也子を淫欲の淵へと誘ってくる。

（ダメ、これ以上のことはさすがに……手でしてあげるのだって本当は許されないことなんだから。それに拓海くんは洋介のお友だち。そんな子とさらに……すでに危ういのに完全に母親失格になっちゃう。でも……）

妻としての、そして母としての理性が、一気に雪崩落ちそうなオンナの本能をかろうじて食い止めていた。だが眼前にそそり立つ肉槍の迫力と嗅覚を刺激する香りにその結界が削り取られていく。

「本当に拓海くんのこれ、すごいわ」

だんだんと息が荒くなっていく。美也子は引き寄せられるように左手をのばし、熱い血潮漲る肉竿をやんわりと握りこんだ。先ほどと変わらぬ熱さと硬さにヒップが左右にくねってしまう。

「うはッ、あぁ、おば、さん……くッ、ダメ、そんな、こすらないでください。出したばかりで敏感だから僕、そんなことされたらすぐにまた……」

「出ちゃいそうなの？　うふふっ、いいわよ、出して。今夜はおばさんが全部、搾り取ってあげる」

腰を震わせかすれた声で喜悦を伝えてきた拓海を上目遣いに見つめ、美也子はティッシュペーパーを右手に持ったまま、ふっくらとした唇を張りつめた亀頭先端に近づけていった。さらに淫臭濃度が増し熟したオンナの性感を煽り立ててくる。

「えっ？　ちょっと、おばさ、ンッはぁ、あッ、あぁぁぁ……」

「ンむっ、うッ、ん～～～ン……」

驚きに裏返った少年のうめきを聞きつつ、美也子は唇をすぼめたくましい肉槍を口腔内に迎え入れた。舌先には精液の残滓のほろ苦さが襲い、ツンッとしたイカ臭さがより強烈に鼻腔を駆けあがっていく。

（あぁん、私、なにを……ダメだってわかってるはずなのに……）

口内に感じる肉の存在感と味わいに理性が溶かされていくのを自覚しつつ、美也子は息子の友人のペニスに甘い奉仕を施していった。

「はぁ、信じられない。僕のがおばさんの口に……あぁ、温かくてヌメヌメしていて、ンくッ、き、気持ちよすぎますぅ」

快感に腰をくねらせる拓海の両手が熟女の黒髪に這わされ、愉悦を伝えるようにサラサラのストレートヘアがクシャクシャッとされていく。

悩ましく細めた瞳で少年を見あげた美也子は、グジュッ、ジュポ……と卑猥な粘音を立てながら漲る屹立を柔らかな唇粘膜でこすりあげていった。それだけで口内の硬直が跳ねあがり、張りつめた亀頭が上顎をノックしてくる。

(はぁン、本当に感じてくれてるのね。そして、もうすぐ……)

先走りがピュッと放たれ、その饐えた味に子宮がまたしても反応してしまう。双臀が狂おしげに揺れ動き、パジャマズボン越しに太腿同士を軽くこすりつけていく。すると濡れた股布がよじれ、ジンジンと疼く淫裂にかすかな刺激が送りこまれた。

(もどかしい、もっと直接な刺激が欲しい。でも、それだけは絶対にダメよ。これ以上後戻りができなくなることだけは避けないと)

オンナの快感を欲する肉体をなんとかなだめながら、美也子は口唇愛撫をさらに激しくしていった。


「はぁ、あぁ、ダメ、出ちゃう……僕、またすぐに……」

ジュポッ、ジュポッと卑猥な音を立て硬直が美熟女の口唇を往復していく。手淫とはまったく別物の、意識が飛んでしまいそうな鋭い喜悦が全身を駆け巡っていた。

(すごいよ、まさかこんなことまで……おばさんがフェラチオしてくれるなんて)

友母の黒髪に指を絡みつけながら、拓海の腰は断続的に突きあがっていた。目がくらむ快感、迫りあがる射精感を懸命にやりすごしていく。

「ンぐっ、ぱぁ……はぁ、いいのよ、出して。おばさんが全部ゴックンしてあげるから、だから、拓海くんの熱いミルク、おばさんにゴックンさせて」

「お、おばさん……ゴクッ」

ペニスをいったん解放し、淫靡に潤んだ瞳で囁きかけてきた美也子の悩ましさに、拓海の背筋にゾクゾクッという震えが走った。

(有坂のお母さんがこんなにエッチだったなんて……ごめん、有坂。僕、お母さんのことますます好きになっちゃってるよ)

けっして打ち明けることはできない禁断の想い。美人で優しく、グラマラスな肢体を誇る友人の母親に対する恋慕がますます強まっていくのが自覚できた。

「うふっ、我慢しないで、ねッ」

凄艶な微笑みを浮かべた直後、美也子が再びいきり立つ強張りを口内に迎え入れてくれた。間髪を入れず首が前後に動き、生温かな粘膜でペニスがこすりあげられていく。いったんは遠ざかった快感が一気にぶり返し、絶頂感が急接近してくる。

「ンはぁ、あぁ、おばさん……」

肛門を引き締めなんとか射精衝動をやりすごす。だが腰を襲う小刻みな痙攣は止まってくれそうもなかった。早く楽にしろと急かすように欲望のマグマが陰嚢内を暴れまわり、射精口を開こうと体当たりを繰り返している。

ジュポッ、ジュチュッ、グチュッ……上目遣いにこちらを見つめる美女が首振り速度を速めてきた。ペニスを襲う快感が急速に増大していく。張りつめた亀頭にはヌメッとした舌が絡みつき、射精を助長させるような嬲りをみせる。さらには左手が陰嚢に這わされ、手のひらで睾丸が転がされていった。

「ンほぅ、はぅ、あぁ、おっ、おば、さン……」

眼前に悦楽の瞬きがチカチカと点りはじめていた。呼吸がどんどん荒くなり、弄ばれる睾丸がクンッと根元に圧しあがる。それでも拓海はこの瞬間を少しでも長引かせんと必死に射精をこらえていた。

(でも、もう限界だよ。あっ、すっごい！　おばさんの大きくて柔らかいオッパイがぶるんぶるん暴れまわってるみたいだ)

熟女が首振りを激しくすると砲弾状の豊乳が暴れるように揺れ動き、そのたわわさと柔らかさを見せつけてくる。すると手のひらに得も言われぬ柔らかさと餅肌の感触がありありとよみがえってきた。

ペニス全体を襲う生温かでぬめった感触に、敏感な亀頭を執拗に責められる直接的な快感。そこにプラスされた視覚情報によって拓海は一気にのぼりつめてしまった。

「出る！　本当にもう、あっ、おッ、おばさん……おば、さンッ、あぁぁぁ……」

ビクンッと激しく腰が突きあがり、友母の黒髪に這わせた両手で熟女の頭をグッと抑えつける。するとペニスがさらに深く入りこみ、パンパンになった亀頭が喉の粘膜と接触をした。「ンぐっ」と美也子の鼻から苦しげなうめきが漏れた直後、堰（せき）を決壊（けっかい）させた欲望のエキスが熟女の喉奥に向かって放たれた。

「うむっ……うぅぅ……ンむぅ、うぅ〜ン……コクッ……コクン……」

「はぁ、すっごい、出てる。本当に僕、おばさんの口の中に、ンッ、あぁ、飲んでくれてるんですね。ンぁ、出る……まだ、僕、まだ出ます」

強烈な射精感に膝が崩れてしまいそうになりながら、拓海は両手でガッチリ摑んだ美也子の頭を支えとして必死に立ちつづけた。断続的に腰が跳ねあがり、そのつど濃厚な白濁液が熟女の口腔内に炸裂していく。

「ンむぅん、う〜ン……ゴクッ……ふぅ〜ン、コクッ……ゴクンッ……ンぱぁっ、はぁ、ハア、あぁ……すっごい、二回目なのにまだこんなにたくさん出るなんて。それにとっても濃かったわ。おばさんのここにまだ拓海くんのが絡んでる」

脈動が治まった淫茎を解放した美也子は恍惚の表情で自身の喉をさすってみせた。

実際、食道あたりにはドロッとした粘液が貼りついている感じがしている。さらには濃厚な牡の香りが鼻腔を突き抜け快楽中枢を直接揺さぶったことで、熟女の淫裂はいまや大洪水状態になっていた。

（信じられないくらいに濃厚だったわ。若い頃にはあの人のを飲んであげたこともあったけど、それとは比べられないくらいに濃かった。あぁん、本当に私、拓海くんのを口に咥えてしちゃったのね。ダメだってわかっていたはずなのに……）

相変わらず肉体は昂った状態がつづいているが、若干の冷静さが戻ったことにより、行動の淫猥さがまざまざと意識されてしまった。

「す、すごかったです。まさか本当にゴックンしてもらえただなんて……こんな強烈なの初めてで……ありがとう、ございました」

本当に強烈な絶頂感を味わったのだろう。ペニスを解放した直後、拓海は足をよろけさせ布団の上に尻をつくと、悦楽に蕩けた表情で美也子を見つめ返してきた。

「うふっ、満足してもらえてよかったわ。でも、今日のことは絶対、誰にもないしょよ。特に洋介に知られたらおばさん……」

（あぁ、本当にごめんなさい、洋介。拓海くんとこんなこと……母親失格ね）

言葉にしたことで、より強烈に息子に対する罪悪感が湧きあがってきた。だが、その感情とは裏腹に久しぶりにオトコの精を浴びた身体は、完全に満たされたわけではないにもかかわらず不思議な充足感を味わってもいたのだ。

「もちろんです、絶対に秘密に。こんなこと僕だって誰にも言えないですから」

興奮がいまだに冷めやらぬ感じの拓海が、真剣な表情で首肯を繰り返してくる。

「ええ、信じてるわ。じゃあ、おばさんはもう部屋に戻るわね。明日も作業があるんだから、ゆっくり休んでちょうだい。お休み」

(そうね、この子はよけいなこと言うタイプではなさそうね。こんな可愛い態度を見せられたら私、また……いいえ、ダメよ。今日だけ、これでもう終わり。そうじゃないと本当に取り返しがつかなくなってしまう)

少年の真面目さを垣間見た美也子は、思わずクスッとしてしまった。だが同時に脳内に浮かびそうになった考えは慌てて否定すると、完全にぬかるんだ淫裂を抱えたまま拓海の部屋から退出するのであった。

第二章　美巨乳女子大生の甘い誘惑

1

車のフロントガラスにはポツポツと雨粒が落ちていた。

美也子の実家に世話になって三日目。木曜日の午前九時半すぎ。拓海は女子大生の智咲音が運転する車の助手席に座っていた。車は二人乗りのオープンカーだが、さすがにいまは幌(ほろ)製の屋根が閉められている。

(まさか智咲音さんと二人で出かけることになるなんて、思ってもなかったなあ。おばさんと二人だったら、昨日のこともあってギクシャクしちゃったかもだけど)

前夜、夕方に見た熟女の裸体を思い出してペニスを握っていた場面を当人に見つかったときはこの世の終わりかとも思えたが、まさか豊乳に触らせてもらいながら手淫をしてくれたばかりか、フェラチオまでもしてもらえるとは想像もしていなかった。

実は美也子が部屋に戻ったあと、拓海は直前に経験した快感を思い出しながら改めて自慰をしていたのだ。そのため今朝は友母の顔をなかなか直視できずにいたのである。その意味では智咲音との外出はいい気分転換であった。

（でも、綺麗なお姉さんと二人きりなこの状況はそれはそれで緊張しちゃうよな）

チラッと横目で智咲音を見ると、美しく整った横顔が飛びこんでくる。正面を見据える切れ長の瞳は凛々しく、鼻梁はほどよい高さがあり、唇は友母に負けないほどにふっくらと柔らかそうだ。どこかふんわりとした雰囲気がある姉の紗耶香とは違い、凛とした強さを感じさせる美貌だ。

その顔から少し視線を落とすと、ブランドのロゴマークが左胸に小さくあしらわれた白いポロシャツを圧しあげる膨らみが飛びこんでくる。右肩から左腰にタスキ掛けするように締められたシートベルトによって、乳房がより強調されていた。美也子には及ばないであろうが充分な豊かさに小さく唾を飲んでしまう。同時にチノパン下で淫茎がピクッと鎌首をもたげそうになった。

「んっ？　なに？　たぶんあと十分くらいで着くと思うわよ」

視線に気づいたのか女子大生が一瞬こちらに目を向け話しかけてきた。

「あっ、いえ……もうそんな近いんですね。車は駅の近くのコインパーキングに駐めて、あとは歩くっておっしゃってましたよね」

よこしまな感情を抱きかけていたこともあり、拓海は慌てて首を振った。

「うん、その予定。なに？　雨が降ってるからこのまま車で行こうって？」

「そうじゃないです。僕も街歩きはしたいので、そこはまったく問題ありません」

今日は一日、年上美女と観光を楽しむことになっていた。というのも、前日の天気予報では曇りであったが、実際は朝から小雨もパラつくぐずついた空模様であった。そのため運び出した荷物を外に置いておくことができないため、この日の蔵整理は早々に中止となっていた。その休みを利用して智咲音が隣市にある有名な観光名所に行くということだったので、同行させてもらうことにしたのだ。

「まあ、行きは駅からバスを使おうかなとは思ってるんだけど。で、帰りはプラプラしようかなって。それと、私には言葉遣いそんなに気をつけなくていいわよ。年も近いんだし、兄弟と話す感覚で、タメ口でＯＫよ」

「ありがとうございます。でも、僕、一人っ子なので兄弟の感覚っていまいちわからないんです。両親も一人っ子だったために従兄弟とかもいませんし……」

「そうなんだ。だったら今日は一日、私が拓海くんの姉になってあげるわ。お姉ちゃんって呼んでくれていいのよ、拓海」

「えっ、あ、ありがとう、ございます。智咲音さんみたいな綺麗な人がお姉さんだったら嬉しいですけど、逆に気後れもしそうです」

目が覚めるような美人だがまったく飾ったところもなく気さくに接してくれる智咲音に好感を持ちつつも、やはり綺麗なお姉さんとの会話には緊張してしまう。

「なんでよ。普通は姉に気後れなんて感じないわよ。友だちと話す感覚で問題ないんだから難しく考えない。それにしても、拓海くんも付き合いいいわよね。友だちのお母さんの実家の蔵整理の手伝いに来るなんて。それも一週間も。当の友だちは来られないっていうのに」

「夏休みの予定、特になにもなかったのでちょうどいいかなと思って……」

からかうような、そして少し呆れたように言う女子大生に、拓海は自分が父子家庭で育っていることと、その父親が長期の海外出張で家を空けていることを告げた。

「なるほど、そういう事情があったのね。それでも、付き合いいいわよ。私も姉に頼まれて来てるけど、本当は友人と旅行にでも行っていたほうが気楽だもん。あっ、新幹線の線路が見えてきたから、本当にそろそろ着くわね」

美也子の実家からここまで、平坦な国道を道なりに進んでいた。道路の両側は非常に大きな駐車場を有したスーパーやチェーン店が多く存在し、典型的な地方のロードサイドといった雰囲気だ。その道の先に高架が見え、速度を落とした下りの新幹線が通過していくのが見えた。

「三十分くらいで来られちゃうなんて、けっこう近いんですね」

「まあ、実際隣の市だしね」

車はアンダーパスを通って線路の反対側へと出る。こちらが街の中心部のようだ。女子大生はそのまま駅方向に車を向けると近くのコインパーキングに車を駐めた。

駅前からバスに揺られること十五分、全国的に有名なお寺に到着する。長瀬家で借りたビニール傘を差し、本堂へと向かう。平日でありあいにくの空模様にもかかわらず、夏休みに入っている影響もあるのか、それなりに人出が多い印象だ。

大正時代に再建された登録有形文化財の仁王門（におうもん）を潜（くぐ）ると、石畳（いしだたみ）の両側に飲食店や土産物店が並ぶ仲見世（なかみせ）通りに出た。

「お参りした帰りはおやきでも食べながらプラプラしようか」

「そうですね。ここから駅に戻る途中にも写真スポットになっているような場所があるみたいですし、みなさんへのお土産なんかも見つつ歩くのも楽しいと思います」

「もう、言葉遣い。そんなかしこまらないでよ。そんなに私と距離を取りたいの？」

「そんなことありません。智咲音さんみたいな綺麗なお姉さんとお話しできるの、すごく嬉しいんです。でも、男子校に通っているのもあってふだん話しをする女性って学校の先生や近所のスーパーのおばちゃんくらいなもので。有坂のお母さんと話をするのもけっこうドキドキしちゃってるくらいで……だから……スミマセン」

美しい眉間に皺を寄せ女子大生が甘く睨んでくる。そんな表情となっても美しさを微塵も失わない智咲音にドキッとさせられつつ、ペコリと頭をさげた。

「そこは謝るところじゃないわよ。だったらなおさらいっぱい話さそうよ。ねッ」

優しく微笑んだ智咲音が右手に持っていた傘を左手に持ち替えると、空いた右手を拓海の左腕に絡めてきた。黒のカットソーの二の腕部分に弾力豊かな膨らみがグニュッと押しつけられ、腰がぶるりと震えてしまった。

（マズいよ、こんなの勃っちゃう。チノパンだから勃起したら周囲から簡単にバレちゃいそう。あぁ、それにしても智咲音さんのオッパイ、おばさんほどじゃないけどやっぱり大きい。それに、弾力がすごいのがわかる）

「ち、智咲音、さん」

自然と拓海の声が上ずっていた。不安げに周囲をキョロキョロしてしまう。

「拓海くん、慌てすぎ。堂々としていれば普通に恋人同士に見えるわよ」

「さすがに僕と智咲音さんじゃ釣り合い取れてなさすぎて怪しく思われますよ。せいぜい綺麗なお姉さんが冴えない弟を連れている感じではないかと……」

「そんなことないと思うけど、拓海くんって自己評価低めなのね。じゃあ、やっぱり姉弟になったつもりで行きましょう。いいわね、拓海」

アタフタする男子高校生の姿を面白がるように微笑んだ女子大生に腕を引かれて仲見世を通り抜けると、重要文化財に指定されている入母屋造りの立派な山門に至る。

どうやら二層部分は拝観可能なようだ。しかし、ひとまずは本殿を目指した。

撞木造りの巨大な本殿は国宝に指定されている。まずはその外観の迫力に圧倒されてしまう。そして、内部に踏み入ると厳粛な空気に思わず背筋がのびてしまった。

外陣、内陣、内々陣と奥に進んでいく。ご本尊は絶対秘仏であるため目にすることはできないが、安置されている瑠璃壇の前で手を合わせた。

「じゃあ、ご本尊と縁を結びに行きましょうか」

「はい。上手く触れればいいんですけど……」

「まあ、大丈夫でしょう」

自信ありげに頷く智咲音のあとにつづく形で内々陣の地下につづく階段をおりた。

ご本尊の真下には漆黒の闇であり、壁伝いに手探りで前へと進んでいく。途中、ご本尊と繋がっている錠前があり、それに触れることができれば極楽往生が約束されるといわれていた。

「あっ、これだ」

カチンと小さな音が聞こえてきた瞬間、前を歩く女子大生が声をあげた。

「えっ？　ありましたか」

「うん」

智咲音の頷きを聞いた拓海はより慎重に歩を進め目的の物を探っていく。直後、指先がなにかに触れカチンと金属音が鳴った。

「あっ、僕も触れました」

「よかったじゃない。これで無事に縁も結べたし、あとは散策を楽しみましょう」

美しい顔に笑みを浮かべているであろうことが想像できる年上美女の言葉に頷き、ゆっくりと出口に向かって進んでいった。

「けっこう歩いたわね」

御朱印をもらいお寺をあとにしてから三時間近くが経過していた。

仲見世通りで買ったおやきを食べながら街を歩き、拓海ともだいぶ打ち解けられたように感じる。

「そうですね。ふだんあまり歩かないのでけっこう足、疲れちゃいましたよ」

コップの水を一口飲み、少年が穏やかな笑みを浮かべて頷いた。

スマホ検索で見つけた駅近くの手打ち蕎麦屋。地元でも有名なお店なのか、午後一時半をすぎていたがなかなかの盛況ぶりだ。案内されたのは一番奥のテーブル席。智咲音は山菜の冷やかけそばを、拓海はざるそばと天丼のセットを注文した。

「三、四キロくらいかしらね、歩いた距離的には。ただ、駅に繋がっている道路は歩道幅もそれなりにあって歩きやすかったわね」

「そうですね。それに、雨が止んでくれたのもよかったと思います」

「確かに」

男子高校生の言葉に女子大生は笑顔で頷いた。本堂を出る頃には雨はあがっており、傘を差さずに見て回れたのは非常にありがたかった。

（今日はずっといっしょにいるけど、買い物をした荷物を持ってくれたり気も利くしほんといい子よね。これだと昨夜の件は私の空耳だったんじゃないかって思えるけど……でも、本当のことなのよね。友だちのお母さんとエッチできるほど、大それた子には見えないんだけどなあ……）

昨夜耳にした愉悦に蕩けた声が思い出された。

姉の嫁ぎ先の実家に用意してもらった部屋に敷いた布団にうつぶせとなり、持参したタブレット端末で動画を見ていたとき、隣の部屋からかすかに話し声が聞こえてきた。最初は拓海が電話でもしているのかと思ったのだが、女性の声も聞こえてきたことで実姉の義姉、美也子が隣の部屋を訪れていることが察せられたのである。

時刻を確認すると午後十一時をすぎており、いくら子供の友人とはいえ大の大人が男子高校生の部屋を訪ねるには少し不自然にも感じられた。そのため動画を一時停止して隣室に意識を集中させる。すると、愉悦のうめきらしきものが鼓膜を震わせてきたのだ。

その瞬間、ハッとした。同時にとんでもない事情を知ってしまったのではないかという思いが強く湧きあがった。聞こえなかったことにしよう。一度はそう決め動画を再生させたのだが、気づくと隣室の声に聞き耳を立てていたのだ。

『くッ、はあ、出る、僕、もう……おばさん、おっ、ばッ、さンッ！』

少年の絶頂を伝える声が聞こえた瞬間、智咲音の子宮がキュンッと震えた。さらにうつぶせ状態のままヒップが切なそうに左右に揺れ動いてもいた。

(本当にエッチしてるのね。美也子さんって艶っぽさはあるけど、もっとおしとやかな人かと思っていたわ。まさか自分の実家に連れてきた高校生の男の子と、自分の息子の友人とエッチしちゃう人だったなんて……)

美也子とは姉の結婚式を含め、数回しか会ったことはなかった。その美貌と服越しにもわかるスタイルのよさには羨望を覚えるほどであり、上品さの中に漂うかすかな色気は大人の女性としての理想型だと感じてもいた。そんな同性すらも振り向く熟女が、未成年の男の子と性交に耽っているらしい事実に衝撃を受ける。

(確か美也子さんって私より二十歳上だったかしら。ということは、四十はすぎているわけよね。それで十代の男の子とエッチして満たされているなんて……私なんて元カレに裏切られた傷がまだ完全には癒えていないっていうのに……)

つい一月前、大学進学後にできた恋人の二股交際が発覚し別れていた。初めてを捧げた相手の裏切りにショックを受け、二週間ほど引きこもっていたほどだ。

現在二十歳、十月に二十一となる自分が落ちこんでいたときも、美也子は息子の友人と関係を持ち満たされていたのかと思うと、理不尽な八つ当たりの感情だとは理解しつつも若干の羨ましさを感じてしまう。

(どっちが誘ったのかは知らないけど、拓海くんっておとなしそうな顔をしているのにずいぶん大胆なのね。美也子さんは確かに美人だけど、四十歳をすぎている友だちのお母さんよ。自分の母親と大差ないであろう年齢の女性とって……あっ！　もしかしてそんな関係だから友だちは来ないのにその母親の実家の手伝いに来たのかも）

智咲音が到着した一時間ほどあとに美也子とやってきた拓海。見ず知らずの家にやってきた緊張もあったのだろう、不安そうな表情を浮かべつつも丁寧な挨拶をしてきた少年のまだ少しあどけなさを残した顔を見て、女子大生は可愛いと思っていたのだ。まさかそんな男の子が熟女と関係を持っていようとは想像すらできなかった。

『出る！　本当にもう、あっ、おッ、おばさん……おば、さンッ、あぁぁぁ……』

（嘘でしょう、二度目？　それにしても拓海くんの声はけっこうはっきり聞こえてくるのに、美也子さんの喘ぎはまったく聞こえてこないなあ）

しばらくして少年の二度目の絶頂を告げる声が聞こえてきたとき、智咲音は驚くと同時に美熟女の声が耳に届いていないことに気づき首を傾げてしまった。だがそんな思いとは関係なく、他人の性交にあてられた二十歳の若い肉体はその疼きを増大させてしまっていた。

（どうしよう、私の身体、火照ってきてるかも……）

うつぶせからあおむけに体勢を変え、両手で自身の頬を挟むと熱くなっているのがわかった。下半身には微妙な疼きも走っている。戸惑いを覚えつつ、智咲音の右手はパジャマ代わりに着ていた白いロングTシャツの胸元へとのびていく。

美しい円錐形をした豊かな双乳。形が崩れないようナイトブラで守られた肉房。その右の膨らみをそっと揉んでしまった。背筋にかすかな快感が走り、子宮がキュンッとなる。

(ダメ、こんなの絶対やめないと。向こうの声が聞こえてきたんだから、もし私がエッチな声、我慢できなかったら隣の部屋に、美也子さんたちに知られちゃう)

智咲音は昂りそうな肉体を懸命になだめすかしたのであった。

「お待たせしました」

意識を現実に引き戻す声にハッとした。拓海の前にざるそばとミニ天丼が載ったお盆が置かれていた。そして自分の前には山菜の冷やかけそばの器が運ばれてくる。

「美味しそう。思っていたより、ざるそばの麵、多いなあ」

「確かにけっこうボリュームありそうね。さらに天丼もあるんだからお腹いっぱいになるんじゃないの」

「僕もそんな感じがします。いただきま〜す」

少年が両手を合わせると早速そばをツユにつけすすりあげた。ズルズルっと威勢のいい音が心地よく届いてくる。

「あっ、美味しい。すごくコシがあって喉ごしもいいです。それに、口の中に入れたらそばの香りがふわっと広がって……うん、このお店、当たりだと思います」

「それはよかったわね。じゃあ、私もいただきます」

満面の笑みとなっている拓海に優しい気持ちになりつつ、智咲音も箸を手に取るとそばに手をつけた。そばのしっかりとしたコシと風味が口の中に広がり納得の美味しさだ。そこに山菜の触感と滋味がプラスされ、自然と笑顔になるのがわかる。

一心にそばをすすり、天丼のどんぶりにも手をのばしている拓海。年相応の無邪気さを見せる少年。やはり友人の母親に手を出すようなタイプには見えない。それだけに女子大生の胸のモヤッと感は消えなかった。

「ねえ、拓海くん。昨夜は遅い時間に美也子さんとなにをしていたの？」

「えっ!? な、なんの、ことです？ 別におばさんとはなにも……」

智咲音が何気なく尋ねた瞬間、それまで旺盛な食欲を見せていた拓海の手が完全に止まった。見開かれた両目が不安そうに左右に泳いでいる。心なしか顔から血の気も引いているようだ。かすれた声は弱々しくやましさを隠せてはいなかった。

「嘘はダメよ。隣の、拓海くんが使っている部屋からいかがわしい声、聞こえてきてたんだから。正直に打ち明けなさい。お姉ちゃん怒らないから、ねっ、拓海」

　思っていた以上に過敏な反応。そして当初から受けていた少年の可愛さ、初心さを感じ取り、智咲音の頬が緩んでしまう。

「あっ、いや、それは……」

「そんなオドオドしなくても大丈夫よ。ほら、箸が止まってる。せっかく美味しいご飯なんだから、食べながら教えてくれればいいわよ」

「あっ、う、うん……」

　再びそばをすすりはじめた拓海だが、それまでの威勢のいい音が少し弱まっているようだ。智咲音も山菜そばを口に運んでいくと、少年がポツリポツリと顚末を説明してきた。それによって、昨夜のあれが初めての性的接触であったことがわかった。

(じゃあ、私がお姉ちゃんの家でシャワーを借りずに母屋のお風呂を使っていたら、タイミングによっては私が裸を見られていたかもしれないのね)

　その可能性に思い至り、智咲音の背筋が背徳感にゾクゾクッとしてしまった。

　特に気にしていなかったのだが、どうやら夕方以降、拓海は美也子と目を合わせないようにしていたらしい。原因が脱衣所の件だと察した熟女が昨夜遅く少年の部屋を訪ね、その際に拓海が自慰をしていたことでさらに事態がややこしくなった。

（そのまま部屋をあとにしたらさらにギクシャクしそうとはいえ、その間の悪さが最終的にオチ×チンを握ってあげることに繋がってしまっただなんて、美也子さんとしては踏んだり蹴ったりだったわね）

裸を見られたことは気にしていない、そのことを伝えようとした熟女の思いは、あと数日いっしょに作業をすることを考えれば理解できる。だからこそ、そのまま辞去せずに手淫までしてやったのだろうが、その場に居合わせたわけではない智咲音からすれば、なかなかに大胆な行動のように思えた。

（でもちょっと待って、そのあとお口でもってことは美也子さんもけっこうその気になっちゃってたってこと？　この子のを握ってあげて、それでエッチな気分に……）

男性経験は元カレだけ。セックスも相手が気持ちよくなることが優先され、智咲音自身はそこまでいい思い出はない。それだけに男性器を触り気分を昂らせた気配の美也子を完全に理解できたわけではなかったが、一人のオンナとしては興味をそそられることでもあった。

（もし、この子ので私もそんな気持ちになったら、それは元カレとの相性が悪かったってことでもあるし、完全に吹っ切ることができるかもしれないわね。いや、ちょっと待って、さすがにそれはマズいでしょう。年齢的にはさほど離れていないとはいえ

年下の、高校生の男の子となんて、なに考えてるのよ、私）

一瞬脳裏をよぎった考えを智咲音は慌てて否定した。だが、変な想像をしてしまったせいか、心臓の鼓動がいつもより激しくなってしまった。

「あの、お願いです。このことはどうか秘密にしてください。おばさんに迷惑かけたくないので、よろしくお願いします」

不安が高じて泣いてしまうのではないか、そう思えるほど心許ない表情となった拓海が潤んだ瞳で見つめてくると、深く頭をさげてきた。そのあまりの必死さに女子大生の母性が自然とくすぐられてしまう。

「ちょっと拓海くん、やめて。周りから変な目で見られちゃうでしょう。それに、誰にないしょにしてほしいの？」

あまりのわかりやすさに、可哀想だと思いつつも意地悪な聞き方をしてしまう。

「だ、誰ってそれはおばさんのご両親とか弟さん、それに智咲音さんのお姉さん。あと、もちろん有坂本人には絶対に知られるわけには……」

「美也子さんの息子？　名前は……ヨウスケくんだっけ？　彼とは姉の結婚式で顔を合わせただけでほとんどしゃべったことないのよ。もちろん連絡先も知らないし。拓海くんとのほうがよほど話してるわね」

「じゃあ」

今度は期待のこもった目を向けてくる少年の素直さに思わずクスッとしてしまう。

「波風を立てて喜ぶ趣味はないわよ。ただし、ひとつ条件があるの。それを拓海くんがクリアできたら、秘密は厳守してあげるわ」

「わかりました。僕にできることなら、なんでもします」

「ほんとに？ それじゃあ、私のことを満足させてくれるかしら？」

勢いこんだように頷く拓海を可愛く思いながら智咲音は意味ありげな視線を送った。

「満足、ですか？」

意味がわからなかったのか、とたんに少年の顔には訝しげな陰が走った。

「そうよ。昨夜は拓海くんが美也子さんに満たしてもらったんでしょう？ だから今日は拓海くんが私のことを満たしてくれればいいのよ」

際どいことを言っている自覚があるだけに、智咲音は周囲を気にかけつつ囁いた。

(私、すごい大胆なこと言ってる。絶対にダメってわかっているはずなのに……拓海くんって女をエッチな気にさせる不思議な能力、持ってるんじゃないでしょうね)

一度は自分自身で否定した考えを口にしてしまったことに、女子大生の頬がほのかに赤みを帯びだしていた。

「えっ!? そ、それって……あ、あの、からかってますよね。僕が智咲音さんとなんて、そんな、こと……」

「少し落ち着きなさい。それで、どうする？ この条件、飲む？ 飲まない？」

挙動不審かと思えるほど落ち着きを失った少年の態度を見て、智咲音は冷静さを取り戻すことができた。そのため男の子を試す悪戯っぽい眼差しで見つめ返した。

「ぼ、僕に、できる、こと、なら……その、せ、精一杯、あの……」

はっきりとは明言を避けつつも、頬を真っ赤に染めかすれた声で途切れ途切れに返してくる拓海の初心さに自然と頬が緩んでしまう。

(私、恋愛経験なかったからずっと受け身で、自分が優位な立場でエッチなことを進めたことなかったわね。申し訳ないけど、この機会に拓海くんで試させてもらおう。そうすれば次の恋愛ではもうちょっと上手くできるかもしれないし)

「じゃあ、ご飯を食べたあとの予定は決まったわね」

少年を利用するようで気が引ける部分もあるが、智咲音は余裕あるそぶりで艶然と微笑んだ。

2

白いシーツが目にも鮮やかな天蓋付きのベッド。その手前に置かれた二人掛けのソファに座る拓海は、緊張と不安で押し潰されそうになっていた。昼食前の散策途中で購入したペットボトルのお茶を喉に流しこみ、緊張の緩和を図る。

(本当に僕はこれから智咲音さんと……っ、美人局とかそんなんじゃないよね。ほんとにあんな綺麗なお姉さんとエッチを……)

蕎麦屋を出た三十分後、拓海は女子大生がスマホ検索で見つけた、駅から徒歩五分ほどの裏通りに建つラブホテルに連れてこられていた。先にシャワーを使わせてもらったため、いまはバスローブをまとっただけの姿で智咲音を待っている状態だ。

(まさかこんなことになるなんて……)

昨夜の美也子との一件を知られていたこともショックであったが、それ以上に智咲音からセックスのお誘いを受けた衝撃の大きさが尋常ではなかった。

(初エッチ、本当はおばさんとしたかったけど、智咲音さんみたいな美人女子大生のお姉さんに経験させてもらうのもとんでもない幸運だよな)

美也子に強く惹かれている拓海にとってのベストは友母との初体験であった。しかし、世間一般で考えれば熟女よりも女子大生との初体験のほうが羨望度は高い可能性を思うと、自身の幸運には感謝するしかない。

（でも、智咲音さんを満足させることなんて、僕にできるのかな。いや、やらなきゃダメだ。それがおばさんとのことを秘密にしてもらう条件なんだから）

智咲音が美也子との関係を喧伝するとは思わないが、それでも約束である以上は女子大生に満足感を与えなくてはならない。童貞少年にとってはとんでもなく高いハードルだが、憧れの友母のためにもクリアしなくてはという思いが強くなる。しかし、肝心のペニスは緊張で萎縮しており本当に役に立つのか心配になってしまう。

天井を見あげ「ふぅ」と大きく息を吐いたとき、カチッと扉が開く音が聞こえ白いバスローブ姿の女子大生が戻ってきた。

「お待たせ、拓海くん」

「あっ、は、はい」

シャワー直後でほんのりと赤らんだ頬をした智咲音も緊張しているのか、その声がやや上ずっているようだ。だが、慌ててソファから立ちあがった拓海の緊張はそれ以上であった。立ちあがったときに膝がテーブルに勢いよくぶつかり天板に置いていたペットボトルを倒してしまったのだ。キャップをしていたため中身がこぼれることはなかったが、己の余裕のなさに恥ずかしさがこみあげてきてしまう。

「ちょっと大丈夫」

「大丈夫です、はい、スミマセン」

「そんな緊張しないで、もっとリラックスしなきゃ」

クスッと微笑んだ智咲音が倒れたペットボトルに手をのばした。前屈(かが)みになった瞬間、バスローブの合わせ目がくつろげ双乳の谷間がチラリと見えた。美熟女ほどではないと思われるが充分に豊かな膨らみ。張りの強そうな乳肌に腰がゾワッとし、それまで縮こまっていた淫茎がピクッと反応する。

「あっ、胸を見たな。エッチ」

「ご、ごめんなさい。でも、チラッとだけで、その、全体が見えたわけでは……」

「ふふふっ、なに必死になってるのよ。拓海くんはこれから私の全部を見ることになるんだからね」

さっと胸元を隠すそぶりをした智咲音に切れ長の瞳で見つめられた拓海は条件反射で謝っていた。それに対して女子大生はおかしそうに笑いながら、拓海の飲みかけのペットボトルの蓋(ふた)を取りゴクッと喉を潤(うるお)した。間接キスに頬が赤らんでしまう。

「ねえ、もしかして、キスの経験もなし？」

「あぁ、はい……スミマセン」

「いや、そこは謝るところじゃないんだけど……ふふっ、さあ、こっちに来て」

消え入りそうな声で小さく頷いた拓海に智咲音がまたも小さく微笑み、手招きをしてきた。心臓が鼓動を速めていることを意識しながらソファの横へと移動する。すると美女の白魚のような指に手首を摑まれ、そのままベッドの前へと連れて行かれた。

「ち、智咲音、さん」

「そんな緊張しなくても大丈夫だから落ち着いて」

優しく囁きかけてきた智咲音の両手が強張る拓海の頰をそっと挟みこんできた。こうして改めて向き合うと身長百七十センチほどの拓海との身長差はほんの数センチであり、女子大生が女性としては背が高い部類に入ることがよくわかる。

切れ長の瞳がすっと急接近してきたと思った直後、唇にふっくら柔らかな感触が襲った。ビクッと身体を震わせ、思わず両目を見開いてしまう。心臓が一気に早鐘を打ち鳴らし、脳が沸騰しボンッと音が鳴るのではと思えるほどに顔が熱くなる。

「はい、間接ではない本物のキスよ」

「あぁ、ち、智咲音さん！」

短い口づけをといた智咲音が悪戯っぽく細めた瞳で見つめてくる。その瞬間、拓海の中でいろいろな感情がごちゃ混ぜになった。両手が自然と美女の背中に回され、本能のままにギュッと抱き締めてしまう。バスローブ越しにも女体の柔らかな感触がありありと伝わってくる。

「あんッ、た、拓海くん」

「智咲音さん……あぁ、智咲音さん、智咲音さん……」

憑かれたように美女の名を呼び背中を撫でまわしていく。自然と両手が背中から括れた腰におろされ、さらにツンッと張り出した双臀に至った。適度な柔らかさと撫でまわす手を押し返してくる弾力にいっそう興奮が高まっていく。先ほどまでは緊張でしぼんでいたペニスには血液が漲り、バスローブの下で狂おしく跳ねあがった。

「あぁん、拓海くん、落ち着いて。私はどこにも行かないから、うンッ、すっごい。わかる、拓海くんの硬くなったのがお腹にグイグイ押しつけられてる」

鼻から甘いうめきを漏らす女子大生の腰が左右に振られた。するとバスローブ越しに密着する強張りが外部からの刺激に反応し、射精感が迫りあがってきた。

「うわぁっ、ご、ごめんなさい、智咲音さん。僕、ワケ、わからなくなっちゃって」

突き抜けた快感で我に返った拓海は慌てて両手をヒップから離すと、羞恥に頬を染めつつ抱擁をといた。

「ふふっ、いいわよ。だって、初めてなんでしょう？　ねえ、バスローブを脱いで拓海くんのを見せて。あっ、もちろん、私も脱ぐから、ねッ」

うっすらと頰を上気させた女子大生が悩ましく瞳を細めると、まっすぐに拓海を見つめたまま両手をバスローブの腰紐にのばし、蝶々結びをほどいた。ローブが左右にさっと開く。乳房はまだ半分以上が隠れ乳首も見えてはいないがその豊かさの片鱗は垣間見えていた。だが、拓海の目を奪ったモノ、それは乳肉ではなくもっと下、ぺたんこの腹部、可憐は臍のさらに下方に存在する楕円形に生え揃った陰毛であった。

「す、すごい……あ、あそこの毛が……ゴクッ……」

繊細そうな細毛が密集しふんわりと盛りあがっている。初めて目の当たりにする生ヘアに呼吸を荒くした拓海は喉を大きく鳴らし、バスローブ越しの勃起を右手でギュッと握っていた。ゾワゾワッとした愉悦が背筋を駆けあがり、早く解放しろと急かすようにペニスが胴震いを起こしてしまう。

「あんッ、ちょっと、目つきがエッチだよ。それに、拓海くんが脱がないなら、私もこれ以上、見せてあげない」

恥ずかしそうに腰をくねらせた智咲音が両手でバスローブの前を閉じてしまった。

陰毛はもちろん乳房の一部もすべてが白いローブに隠されてしまう。

「わ、わかりました。脱ぎます。だから智咲音さんの裸、もっと見せてください」

ウットリと美人女子大生の下腹部を見つめていた拓海はバスローブの腰紐を慌ただしくほどき、そのまま床に脱ぎ落とした。裏筋を見せつけるような急角度でそそり立つ強張りがあらわとなる。興奮で小刻みに跳ねあがるペニス。亀頭は早くもパンパンに張りつめ、鈴口からはうっすらと先走りが滲み出している。

「あんっ、すっごい。拓海くんの大きくって立派よ。ふふっ、私も見せてあげるね」

目元をほんのりと赤らめた智咲音が、手で前面を閉じ合わせていたローブをパサリと脱ぎおろした。

「あぁ、綺麗だ……智咲音さんの裸、本当にとっても綺麗です」

一見、長身なモデル体型の美女。だが実際にはグラマーな肢体をしていることがわかる。同じグラマラスな身体でも美也子のような優しさ溢れる豊満さとは違う、凛とした気高さがあり、高価な芸術品のような近寄りがたさを感じさせた。

美しく鎖骨のラインを浮きあがらせた肩。その華奢な印象を裏切る豊かな乳房は円錐形をしており、白い肌に溶け入りそうな淡い桜色の乳暈の中心に濃いピンクの乳首が控えめに鎮座している。無駄な肉のない深く括れたウエスト。そして先ほど目にした繊細そうな陰毛。さらに下方、脚はまさにモデルのようだ。熟女がムチムチの太腿をしていたのとは対照的に適度な肉づき具合であり、華奢な肩からスラリとした美脚までのラインが全体的にスレンダーな印象を与えてくるのかもしれない。

「あんッ、そんなジッと見つめられたらさすがに恥ずかしいわ」

「スミマセン、でも、本当に綺麗で……僕、女の人の裸、全部見るの初めてだから、なおさら……」

「そっか、美也子さんが昨日見せてくれたのは上半身だけだったのよね。ねえ、どうしたい？　初めてなんだもの、拓海くんがしたいようにさせてあげるわよ」

「そう言われても、どうすればいいのか……智咲音さんに満足してもらうにはどうすればいいのか、逆に教えてもらいたいくらいで……」

本当は目の前の美女に抱きつき、その身体を好きなだけ触り倒したかった。

友母に比べだいぶ張りが強そうな乳房の揉み心地を堪能(たんのう)し、先ほどバスローブ越しに撫でまわした双臀にも直(じか)に触れてみたい。さらにネット画像でしか見たことのない秘唇を網膜(もうまく)に焼きつけ、許されるなら淫蜜(そこ)を舐めてみたいとも思う。だが、そんながっついた態度を取り智咲音の機嫌を損ねてしまうことがなにより恐ろしかった。

（それに智咲音さんに満足してもらうことが使命で、初エッチはその結果のオマケだ

と考えていたほうがずっと楽だよな)

童貞喪失に気を取られすぎテンパってしまうよりは、あくまでも女子大生との約束を果たす過程で運良く経験させてもらうと考えたほうが、心持ちが軽くなるように感じていた。

「あら、ずいぶん殊勝な心がけね。でも、本当に正直になってくれていいのよ。ほら、例えば右手をここに」

整った美貌に優しい笑みを浮かべた智咲音が右手首を掴んできた。そしてそのまま左の膨らみへと導いてくれる。ムニュッととてつもない弾力が手のひらいっぱいに広がっていく。牡の本能が魅惑の乳肉を揉みこんでしまう。

「す、すごい、智咲音さんのオッパイ……こんなに指が押し返されてくるなんて」

「あんッ、いいのよ、好きに触って。さっきから、というか、朝、車に乗ってるときから胸、見てたでしょう。気づいてるんだからね。うぅん、いいわ、優しく揉まれるの、好き。ほかにも触りたいところがあれば触っていいのよ」

智咲音の目が悩ましく細められ、唇からは甘いうめきがこぼれ落ちた。その艶めきに腰をゾワッとさせられた拓海は、右手で手のひらからこぼれ落ちるたわわな肉房を捏ねあげつつ左手を素直にヒップへとのばした。自然と身体が密着し、いきり立つ強張りが美女の下腹部に押しつけられた。その瞬間、背筋に愉悦が駆けあがり女子大生のスベ肌に先走りがピュッと飛んだ。

「あぁ、気持ちいい……智咲音さんの身体、オッパイもお尻もスベスベで柔らかいのピチピチしてて、ほんとにすっごい」

（おばさんみたいになにもかもが柔らかくて優しい感じじゃないけど、智咲音さんのこの張りのある身体もすっごく気持ちいい……女の人の身体ってすごい）

ぷりっと上向きの尻肉、そのなめらかで柔らかく張りのある感触に陶然とした気持ちがこみあげ、語彙(ごい)力が低下していく。

「うんっ、私も気持ちいいわ。そんな丁寧に触られたこと、ないかも。それに、拓海くんのコレさっきからピクピクしちゃってて可愛いわ」

「ンわッ、だ、ダメです、そんな腰揺らされたら……くッ、智咲音さんのお腹でこすられて僕、すぐに出ちゃいそうです」

キンッと突き抜けていく鋭い快感に、拓海は慌てて智咲音の身体から手を離し、いったん距離を取った。

「いいのよ、一度出しておいたほうが楽じゃない？　あんッ、拓海くんのほんとに硬くて熱いわ。こんなにすごいなんて、とっても素敵よ」

「ンくッ、はぁ、ダメです、ち、智咲音さん、あぁ、そんなしごかれたら本当に……出すなら僕、智咲音さんのあそこで……」

優しくも艶めいた目で見つめてきた女子大生の右手がなんの前触れもなくペニスにのばされ、天を衝く屹立を妖しくこすりあげてきた。刹那、鋭い快感に快楽中枢が揺さぶられ睾丸が根元方向に押しあがってくる気配を覚える。必死に射精感をやりすごす拓海はイヤイヤをするように首を振り、切なそうな目で美女を見つめ返した。

「もうエッチなんだから。でも、そうよね、初めてなんだもんね。わかったわ」

艶然たる微笑みを浮かべ、智咲音がペニスを解放してきた。刺激が遠ざかったことで射精感も後退し、ホッと一息つくことができる。

「ありがとうございます。あの、ひとつ我が儘言ってもいいですか？」

「ん？　なぁに？」

「ち、智咲音さんのあそこ、舐めさせてもらえないでしょうか」

「えっ!?　私のあそこ、舐めてくれるの？」

「もし嫌じゃなければ、少しだけでも……ダメ、ですか？」

（もしかして、あそこを舐めたりするのってエッチなビデオの中だけのことだったのかな？　もしそうなら智咲音さんに変態って思われちゃったのかも）

驚きの表情を浮かべた女子大生に、拓海は失言をしてしまったのではないかという思いがこみあげてきた。そのため、不安げな目で目の前の美女を見つめ返した。

「もちろんダメじゃないけど……元カレは積極的にはしてくれなかったから」

「あ、あの、いまは彼氏さんい、いない感じですか」

予想もしていない返事に思わず聞き返してしまった。

「なに、気になるの？　二股野郎だったから別れたの。言っておくけど、彼氏がいたらこんなことさせてあげないわよ。私はそこまで軽い女じゃないの。わかった」

「はい、わかりました。スミマセン」

頬を膨らませ睨んできた女子大生の可愛さにドキッとさせられながら、拓海は素直に頭をさげた。

「ふふっ、わかればいいのよ。そんなに落ちこむことじゃないから。ほら、おいで。でも、無理しなくていいからね。オチ×チン、ツラくなったらすぐに言うのよ」

優しく頷いてくれた智咲音がベッドにあがりあおむけになると、スラリとした長い脚を開き、膝を立てるようにしてくれた。

「あぁ、智咲音さん。ありがとうございます」

陶然とした呟きを漏らし、拓海もベッドにあがった。すぐさま開かれた女子大生の脚の間に身体を入れうつぶせとなる。ピンッと張ったシーツと腹部に勃起が挟みこまれ、その刺激だけでも腰がゾワッとしてしまう。切なそうに顔をゆがめつつも視線は正面へ、美女の秘所へと注がれた。

「す、すごい……これが女の人のあそこ……と、とっても綺麗です」

(ネットで見たのはもっとビラビラがはみ出ていて、色もこんな綺麗なピンクじゃなく黒ずんだ感じだったけど、智咲音さんのは……)

初めて目の当たりにする淫裂は陰唇のはみ出しもほとんどなく、智咲音の見た目どおりの凜とした佇まいであった。その清冽さは神々しさすら覚えるほどであり、神聖な場所であることを姿で示していた。一方でスリット表面はうっすらと湿った感じがしており、鼻の奥には甘酸っぱい媚香が漂ってきてもいた。

「あんッ、恥ずかしいわ。知り合って数日の高校生の男の子に見せることになるなんて……ねえ、舐めるなら早くして。ジッと見られていると、ほんと恥ずかしくて死んじゃいそうになるから」

両手で美しい顔を隠す女子大生が、本当に恥ずかしそうに身をくねらせた。

「ごめんなさい、じゃあ、あの、舐めさせていただきます」

ふだんの颯爽としたイメージとは違う乙女のような反応を可愛く思いながら、拓海は小さく生唾を飲むと両手をなめらかな太腿に絡ませた。顔を秘唇へと近づけると鼻腔粘膜を刺激する香りが強まり、脳がクラッと揺らされる。鼻の頭で香りを掻き分けながら、ひっそりとしたスリットにチュッとキスをした。

「うンッ、拓海、くン」

ピクッと身体を震わせた智咲音の反応に頬を緩めつつ、舌を突き出し本格的に女穴を舐めはじめる。

「うンッ、はぁ、あぁ……はッ、あぁん……」

チュッ、チュパッと音を立てながらヌメッとした舌が秘唇をなぞりあげてくる。そのゾワゾワッとした刺激に口からは自然と甘いうめきがこぼれ落ちていた。

（ヤダ、これ、気持ちいい。表面をなぞられているだけなのに、なんでこんな……）

ぎこちなくスリットを往復していく舌の動きに女子大生の肉体が敏感に反応していた。テクニックそのものは元カレのほうが格段に上だ。焦らすような舌の動き、肉洞に突き入れた舌先で膣を嬲られる感覚。そしてクリトリスへの細やかな愛撫。

性経験のなかった智咲音は初体験時にいとも簡単に絶頂に導かれてしまった。しかし、相手に奉仕をするということがあまり好きではなかったのか、それ以降の性交時には気持ちはよかったがどこか義務的だなとも感じてしまうことが多かったのだ。

「ぶちゅっ、チュパッ、チュパ……はぁ、智咲音さんのエッチなジュース、とっても甘くて美味しいです」

「そんな恥ずかしいこと報告しなくてもいッ、ハッ、あんッ、拓海、くぅン……」

いったんクンニを中断した少年がウットリとした声で囁きかけてきた。経験のない男の子に秘部を委ね、甘い喘ぎをあげている自身の姿に羞恥がこみあげてくる。そのためつい強めの口調になってしまった智咲音だが、拓海の舌が再び淫唇に這わされた瞬間、腰が快感に跳ねあがり愉悦のうめきがこぼれ落ちた。

「ンチュッ、チュッ、チュチュゥゥゥ……」

「あんッ、ダメ、そんな一生懸命舐めないで……」

(単調に舐められているだけなのに、なんで私、こんなに感じさせられてるの……もしかしたら一生懸命さが伝わってくるから、それでよけいに……)

太腿に回されている少年の手の熱さ、そして一心不乱という言葉がピッタリくる必死さで陰部を舐めあげる貪欲さ。テクニックはまったくないがその不器用さ、智咲音を少しでも気持ちよくさせようという熱意がスリットから伝わってきた。

「うぅン、いいわ、拓海くん、とっても上手、ヨッ! あぅッ、あっ、あぁぁ、そ、そこはダメ、いまそこを吸われたら、私……」

股間に顔を埋める拓海の髪に両手を這わせた智咲音は、優しく髪を撫でつけながら腰を悩ましくくねらせ甘い声をあげた。だが、その言葉は途中で完全に裏返った。

男子高校生の舌がなんの前触れもなく秘唇の合わせ目に這いあがり、包皮から控えめに顔を覗かせていた淫突起を舐めあげてきたのだ。それまでとは比べものにならない鋭い快感が脳内で炸裂し、眼窩に色とりどりの瞬きが襲ってくる。同時に腰が跳ねあがりヒップがベッドから大きく浮きあがった。

ギュッ、チュパッ……ペロ、レロレロ……女子大生の反応に気をよくしたのか、拓海の舌が執拗にクリトリスを嬲りまわしてきた。

「あぅん、はぁ、ダメ、ほんとに……あぁ、拓海、くンッ……」

(ダメ、このままじゃ私、経験のない初めての男の子に本当にイカされちゃう。膣中まったく刺激されてないのに、こんな表面的なところだけで……)

腰が小刻みな痙攣を起こし、膣内では若襞が狂おしく蠢き大量の淫蜜を溢れ出させていた。いくら熱心に愛撫してくれているとはいえ、童貞少年の拙い舌捌きでいちおうは経験者の自分が達しようとしている。その現実にたまらない羞恥を覚えた。そのため迫りくる絶頂感を意識しながら、半ば強引に拓海の頭を淫裂から引き離した。

「ンぱぁっ、はぁ、ハア……智咲音、さん……」

唇の周囲を淫蜜でテカらせる少年が身体を起こしてきた。その股間を見て智咲音はハッとさせられた。下腹部に張りつきそうな急角度でそそり立つペニスが先ほど以上に漲り、初心なピンク色をしていた亀頭が少し赤黒くなるほどに張りつめ、滲み出した先走りで卑猥な光沢を放っていた。

「も、もう、充分よ。今度は拓海くんが……あぁん、ごめんね、そんなになるまで我慢させちゃって。さあ、これ、着けてあげるね。そうしたらすぐに……」

絶頂寸前のけだるさを感じつつ上体を起こした智咲音は、おっくうそうに身体を捻り、ヘッドボードに置かれていたシェル状の小皿からコンドームの包みをひとつ手に取った。開封しゴムを取り出すと、淫靡に潤んだ瞳で拓海を見つめていく。

「じ、自分で、着けます。たぶん、智咲音さんに触られたら僕、その瞬間にも出ちゃいそうな気がするので」

「ふふっ、わかったわ」

興奮で赤らんだ顔にはにかみを浮かべた少年を可愛く思いながら、女子大生はコンドームを渡してやった。ゴムを着けるのも初めてのことだったのだろう。少し手こずる様子を見せつつもなんとか装着させていく。着けている最中に射精しなかったことに安心でもしたのか、拓海がホッと息をついたのがわかる。その初心さに思わずクスッとしてしまった。

「ちゃんと着けられたわね。さあ、いいわよ、おいで」

再びベッドにあおむけとなった智咲音は再度M字型に脚を開き、高校一年生の男の子を誘いこんだ。

「は、はい。よろしくお願いします」

ゴクッと生唾を飲み、上ずった声で返してきた拓海が女子大生の脚の間に身体を入れてきた。緊張しているのだろう、その身体が小刻みに震えているのがわかる。

(本当に私、この子の初めてを……いやだ、私まで緊張してきちゃった。でも、ちゃんと導いてあげなきゃダメよね)

おかしな成り行きでの関係構築ではあるが、浅いとはいえ経験のある年上としての責任感のようなものも芽生えていた。

「あそこ、挿れやすいように、開いていてあげるね」

かすれ気味の声で言うと、智咲音は両手を自身の秘部へとおろした。溢れた淫蜜でぬめるスリット。その艶めかしい感触に背筋を震わせつつ淫裂の左右の縁にそれぞれ人差し指と中指を添え、くぱっと左右に圧し開いた。その瞬間、肉洞内部に風を感じさらに腰をゾワつかせてしまう。

「す、すごい、これが智咲音さんのオマ×コ……ゴクッ、中もすっごく綺麗でなんかエッチにウネウネしてる」

「あんッ、バカ、そんな恥ずかしいこといちいち口にしないで。ほら、早くいらっしゃい。来ないのなら手、離しちゃうからね」

「ごめんなさい、すぐに……あぁ、本当に智咲音さんとエッチ、できるなんて……」

膣内を観察された言葉に恥じらいを急上昇させられた智咲音がすねたように反発すると、拓海がハッとした様子で右手に握ったペニスを淫裂に近づけてきた。腰が近づくたびに女子大生の裏腿に触れていた少年の膝でさらに大きく脚を開かされていく。

次の瞬間、チュッと音を立てゴム包みの強張りが膣口とキスをした。

「あんッ、拓海くん、そうよ、そこにそのまま」

「は、はい、じゃあ、あの、イ、イキます」

裏返りそうな声で宣した直後、拓海がグイッと腰を突き出してきた。グジュッとくぐもった音を立てペニスが肉洞に圧し入ってくる。

「はンッ！　あうん、はぁ、来てる……拓海くんの硬いのが、挿(はい)って、来てるぅ」

その瞬間、智咲音の全身を鋭い喜悦が駆け巡った。ゴム越しペニスの存在感、特にその硬さは圧倒的であった。そんなたくましいもので膣襞をこすりあげられた女子大生の脳内では愉悦の蕾が一気に開花し、細く括れた腰がビク、ビクッと小刻みな痙攣を起こしはじめていた。

（嘘……いくら舌だけでイカされそうになっていたとはいえ、まさか挿れられただけでこんな簡単に……）

「くはぁ、す、すっごい……僕のが本当に智咲音さんの膣中に……すっごくキツキツで僕のが締めつけられてるぅ……はぁ、それになんかウネウネが絡んできてるよ」

初めての挿入に顔を蕩けさせた拓海が両手で智咲音の細腰を摑み、肩で息をするようにかすれた声で訴えてきた。

「いいからよ。拓海くんの硬いのが気持ちいいから、私のあそこも悦んでいるのよ。さあ、腰を振ってあなたももっと気持ちよくなってくれていいのよ」

あまりに素直な態度に母性をくすぐられつつ、下から小さく腰を揺すった。するとキュンッと反応した膣襞がいっそううねるように強張りに絡みついていく。すると反発するように跳ねあがった肉槍で若襞が圧しやられ、その刺激に性感がさらに煽られた。

「うわっ、ダメです、そんな腰、動かされたら僕、本当に出ちゃいますよ」

「ふふっ、いいじゃないの、出ちゃっても。一度出しちゃっても、もう一回する時間はあると思うわよ」

「も、もう一回……い、いいんですか？」

「もちろんよ。時間内なら何度でも、ねッ」

（私、大胆になってる。いままではずっと受け身で彼の望むままに……でも、拓海くんの素直すぎる態度を見ていると私がなんとかしてあげなきゃって気持ちに……）

積極的に性交を誘う己の態度に智咲音自身、驚きに見舞われていた。だが、それはけっして不快な感情ではない。それどころか自分が主導権を握ることで楽しい気持ちにもなってきていたのだ。

「あぁ、智咲音さん……」

智咲音の言葉に陶然とした表情となった拓海が、ゆっくりと腰を前後に動かしはじめた。ジュッ、グヂュ……粘音を立ていきり立つ強張りが肉洞内を往復していく。

「はンッ、そうよ、好きなように、拓海くんのしてみたいようにしていいからね」

熱い血潮漲る硬直で狭い膣道をしごかれるたびに突き抜ける快感に身を震わせつつ、智咲音は凄艶な微笑みで少年を見つめた。

「ほんとに気持ちいい……くッ、あぁ、腰、動かすたびに智咲音さんのエッチなヒダヒダが勢いよく絡んできてて、はぁ、ほんとにすっごい……」

　ぎこちなく腰を前後に振り、美人女子大生の膣内でペニスをしごきあげる拓海は、目もくらむほどの強烈な締めつけと膣襞の蠢きに絶頂感を覚えていた。

（これがセックス……僕はいま本当に智咲音さんと、綺麗な女子大生のお姉さんとエッチしてるんだ。童貞じゃなくなったんだ）

　友人の母親の実家の手伝いで数日前に初めて会った女性と初体験をしている現実。その相手が憧れている熟女ではなく、年の近いお姉さんであることに不思議な感慨を抱いてしまう。

「ウンッ、はぁ、いいわ、上手よ、拓海くん。あなたの硬いので膣中こすられると、私もとっても気持ちいいわ」

「智咲音さん……あぁ、智咲音さん、智咲音さん……」

　息を呑むほどの美貌を悩ましく上気させ潤んだ瞳で見つめてくる智咲音。その艶顔に背筋がゾクゾクッとしてしまう。またその艶めかしさにあてられたペニスがビクッと跳ねあがりさらなる血液が送りこまれた。

「あんッ、すっごい。わかるわ、拓海くんのが一段と大きく……」

「うわっ、締まる！　智咲音さんのここさらにギュッってしてきてる……はぁ、そんな締めつけられたら、僕のが潰れちゃうよ」

強張りの膨張に反応して女子大生の肉洞がその締めつけを強めてきた。ゴム越しに四方八方から絡みつく襞の蠢きもより活発となり、射精感が一気に迫りあがってくる。それでも奥歯を噛み不器用な律動をつづけていた。ジュッ、グチュッと性交音が大きくなり、それに合わせて全身を駆け巡る愉悦も増大していく。

「はンッ、いい、ほんとに上手よ。ねえ、本当に我慢しないで出していいのよ」

「あぁ、智咲音さん」

悦楽に柳眉をゆがめた女子大生に見つめられると、それだけで腰が震えてしまう。煮えたぎった欲望のマグマが早く噴火させろと陰嚢内を暴れまわっている。肉竿全体にも小刻みな痙攣が襲いはじめ、張りつめた亀頭はゴムを突き破りたい衝動を隠そうともせず、ググッとさらに笠を広げていった。

(ほんとに出ちゃう！　でも、せっかくエッチさせてもらってるんだ。もっと智咲音さんのことも……そうだ、オッパイ！　智咲音さんのオッパイにもまた触りたい)

締まりの強い肉洞にペニスを打ちこむたびにぷるん、ぷるんと弾むように揺れ動いていた双乳。横になっても形が崩れることのない張りに満ちた豊かな膨らみ。拓海は智咲音の細腰を摑んでいた両手を離すと、左手を美しい顔の横について上体を支え右手を魅惑の肉房にのばした。

手のひらをいっぱいに広げたよりも大きいが、前夜触らせてもらった美也子の熟乳よりは小ぶりな膨らみをモニュッ、ムニュッと揉みこんでいく。素晴らしいボリューム。そしてなにより指先を押し返してくる弾力が圧倒的であった。

「あんッ、はぁ、いいわ、揉んで。オッパイもあそこも全部、拓海くんにあげるから、好きにしていいから、あぁん、たく、ミ……」

智咲音が拓海の首に両手を回し引き寄せてくる。艶めかしい顔。ふっくらとした唇から漏れる甘い吐息を間近に感じ、恍惚感が増していく。

「おぉぉ、智咲音さん、感じて！　僕、もっと頑張るから、だから……」

ゴム越しにも感じる卑猥な膣襞の強烈な蠕動。意識が刈り取られそうな感覚を覚えながら、拓海はがむしゃらに腰を振り立て、豊乳を捏ねまわした。さらに右手の親指と人差し指で濃いピンクの乳頭を摘まみあげていく。充血し硬くなっていたポッチはコリッとした感触を伝えてくる。

「はンッ、ダメ、そこ、摘ままないで」

ビクンッと女子大生の腰が大きく跳ねあがり、美女の顎がクンッと上を向いた。膣圧がさらに高まり、硬直をこれでもかと締めあげてくる。

「ンはッ、そんなキツキツにされたら僕、本当にもう……」

「いいわ、来て。私ももう少しで……だから、遠慮なく、出していいのよ」

女子大生の身体にも小刻みな痙攣が襲いはじめているのがわかる。だが、拓海の限界はそれ以上であった。手のひらからこぼれ落ちる乳肉を捏ねあげながら、がむしゃらにペニスを肉洞に突き入れていく。卑猥な摩擦音が連続音となって鳴り響き、眼前が何度もホワイトアウトしかける。

「はッ、うンッ、すっごい……そんな激しくされたら、壊れ、ちゃぅ……ダメ、イッ、イク！　拓海くんに、初めての男の子に私……あっ、あああぁァァぁぁ……」

智咲音の唇から絶頂の喘ぎが迸り、全身を激しく震えさせはじめた。最大の膣圧でペニスが押し潰されそうになる。直後、ふっと肉洞全体が弛緩し甘やかな蠕動へと変化していく。

「ンぐぅ、はぁ、出る！　あぁ、智咲音さん、ちさ、ト……」

その急激な変化に翻弄され、拓海にも射精が訪れた。ズンッとひときわ深く硬直を胎内に叩きこむ。すると亀頭先端がコンッとなにかに当たり女子大生の腰が再び大きく跳ねあがった。その瞬間、猛烈な勢いで駆けあがった白濁液がゴムの内側に吐き出されていく。

「あんッ、わかる。拓海くんのがビクンビクン震えてるのが伝わってきてる」

「はぁ、出る、僕、まだ……」

全身の力が抜け、意識がもうろうとした感覚を味わいつつ、拓海はグッタリと年上美女に覆い被さっていくのであった。


「はあ、ハァ、はぁ……すっごい気持ちよかったです。ありがとう、ございました」

荒い呼吸を繰り返す少年が絶頂の余韻を引きずる顔で囁くと、ゆっくりと智咲音の上から身を引いた。肉洞内を満たしていた強張りも引き抜かれ、切なさに「うンッ」と小さなうめきを漏らしつつ身をくねらせる。

「私もよかったわよ。オチ×チンの後始末、しないとね。ゴム、外してあげるわ」

腰に倦怠感を覚えながらも智咲音は上体を起こした。自然と視線がペニスに被さったコンドームに向く。女子大生の粘液で濡れるゴムの先端が吐き出された欲望のエキスの重さで垂れさがっている。

「えっ、あっ、は、はい。お願いします」

初体験直後の放心状態の拓海を可愛く思いつつ、半勃ちペニスに密着する避妊具を外してやった。それまで遮断されていた精液の香りが一気に解き放たれ、絶頂直後の女体が敏感に反応してしまう。腰がゾワゾワッとすると同時に、満たされたはずの肉洞もざわめきはじめ新たな淫蜜を滲ませていく。

（あんッ、あんな激しくイカされた直後なのに、私の身体、まだ欲しがってる）

「すごいね、拓海くん。こんなにいっぱい、タプタプしちゃうくらいに出てるわよ。こぼれないように縛っちゃおうね」

貪欲にオトコを求める己の肉体に羞恥がこみあげてきた。それを誤魔化すように白濁液をたっぷりと受け止めたコンドームを振ってみせると、中身が出てこないようキュッと縛った。

「スミマセン。でも、本当に気持ちよくて、たぶん人生で一番いっぱい出たんじゃないかと……ほんと、ごめんなさい」

「なんで謝ってるの。悪いことじゃないでしょう。拓海くんが満足してくれたのなら私も嬉しいわ。さあ、オチ×チンも綺麗にしちゃおうね」

恥ずかしそうに頬を赤らめる少年の初心さに母性がくすぐられ、またしても子宮がキュンッとしてしまった。智咲音は頬を緩めながら使用済みのコンドームをティッシュでくるんでゴミ箱に捨てると、新たなティッシュペーパーを手に拓海のペニスに向き合った。粘液でぬめる肉竿を左手で握り、右手で白いエキスでテカる亀頭を優しく拭ってやる。

「あっ、智咲音さん」

ピクッと身体を震わせた男子高校生の半勃ちペニスが再び屹立していく。

「あんッ、あんなにいっぱい出したばっかりなのにすごいのね」

(元カレも連続でっていうのはあったけど、でも、拓海くんのコレ、さっきよりも大きくなってない？)

射精によって勢いが衰えるどころか逆に旺盛になったようにさえ感じる淫茎に、女子大生のオンナが激しく揺さぶられた。

「本当にごめんなさい。別にそういうつもりじゃないんです。でも、智咲音さんに触られたら、その……」

「もう、謝らなくていいって。それに、時間内なら何度でもって言ったでしょう。まだ時間には余裕あるし、拓海くんがまたしたいのなら、いいよ」

オドオドした態度の少年に優しい気持ちがこみあげてきた智咲音は、拓海の耳元に唇を寄せ妖しく囁きかけた。

「ち、智咲音さん！　ありがとうございます。また智咲音さんとしたいです」

「ふふっ、正直でよろしい」

上ずった声で勢いこんだ返事を寄こした拓海にクスッと微笑み、女子大生は再びヘッドボードに置かれたシェル状の小皿に手をのばした。そこにはもうひとつコンドームが置かれていたのだ。

（ナマってやっぱり気持ちよさが違うのかな？　拓海くんとなら試してみても……）

安全日であっても元カレにはナマ性交は許してこなかった。避妊はちゃんとしなければという意識が強く、求められても断りつづけてきたのだ。「お前のそういうところがツマんねぇんだよ」別れ際に言われた捨て台詞が心に重く残っている。

「あっ、ありがとうございます」

「えっ？　ああ、これね。ねえ、拓海くん、これは今日の記念、お守り代わりにお財布にでも入れておきなさいよ」

個包装されたゴムに手をのばしてきた少年に意識が引き戻された智咲音は、意味ありげに微笑み手渡してやった。

「えっ、でも、置かれていたコンドーム、二つだけでしたよね。エレベータのところに自販機ありましたけど、いまから買いに行くのは、その……」

「バカね、買いに行けなんて言わないわよ。そのままナマでいいのよ」

ゴムの包みを手にしてどこか悲しげな顔となった拓海に胸の奥をキュンッとさせら

れた智咲音は、再び少年の耳元に唇を寄せ甘い囁きを送りこんだ。

「ち、智咲音さん！」

「キャッ、あんッ、そんな慌てなくても大丈夫よ。あぁん、すっごい、拓海くんの硬いのが太腿に当たってるわ」

拓海がいきなり抱きついてきた。突然の行動にビクッとしたときには、ベッドへと押し倒されていた。少年のいきり立つ肉槍がなめらかな腿肌にグイグイと押しつけられてくる。ナマで感じる熱い漲りに肉洞が期待の蠕動を繰り返し、淫らな甘蜜が秘唇から溢れ出していく。

「智咲音さん、僕、ぼく……」

「拓海くん、落ち着いて。私がしてあげるから、あなたがあおむけになって」

興奮に我を忘れたかのように腰を振りペニスをこすりつけてくる拓海に焦り（あせ）を覚えつつ、智咲音は少年の背中を優しく撫でまわしてやった。

「あっ、あの、スミマセン、僕……まさかあの、ナマでいいなんて言ってもらえると思ってなかったので、それで……」

ハッと我に返ったのか慌てて身体を起こした少年の顔には羞恥が浮かびあがっていた。それでも女子大生に言われたままベッドにあおむけとなる。持ち主の顎に亀頭の照準を合わせ急角度で屹立するペニスの勇姿に、肉洞がぶるっと震えてしまう。

「時間までいっしょに楽しもうね」

艶然と微笑みかけ、智咲音は拓海の腰に跨がると右手を強張りにのばし、挿入しやすいよう直立させた。早くも小刻みな胴震いを繰り返す肉槍のたくましさに自然と甘い吐息が漏れてしまう。

「あぁ、智咲音さん……」

ウットリとした呟きを漏らした高校生の両手が円錐形の美巨乳へとのばされ、やんわりと揉みこまれた。乳房から伝わる甘やかな愉悦に瞳が悩ましく細まる。

「いいのよ、オッパイ、好きにして。こっちは私がちゃんとしてあげるからね」

（あぁ、私、自分から積極的に迎え入れるの初めてかも）

騎乗位の経験はあったものの、それは相手に求められてであり積極的に跨がったことはなかった。恋人にもしなかったことを会って数日の高校生の男の子に対して行おうとしている現実に、智咲音は思わず苦笑を浮かべてしまった。

「すごい、智咲音さんの綺麗なあそこが、オマ×コが丸見えに……またそこに挿れさせてもらえるなんて……」

「そんなエッチなこと言われたら私も恥ずかしいじゃないの。でも、そうよ。拓海くんの硬いコレ、また私の膣中に、今度はナマでいいのよ」

熱い視線を淫裂に感じぶるっと身を震わせた智咲音は、それでも腰を落としつづけ硬直に向かって膣口を近づけた。ンチュッ、粘ついた音を立て亀頭が濡れたスリットとキスをする。

「くッ、あぁ、智咲音、さん……」

「あぁん、触ってるわ。拓海くんの先っぽがあそこに……うンッ、挿れるわよ」

（あぁ、私、本当にナマで……ゴムを着けてないオチ×チン、迎え入れるのね）

ゾクリと腰をくねらせた智咲音は小さく息をつくと一気に腰を落としこんだ。ンジュッとくぐもった音を立て、少年の強張りが再び膣道を圧し開き侵入してくる。

「ンはっ！　あぁん、挿った……拓海くんの硬いのがまた膣中に……うンッ、すっごい、本当になんて硬くて熱いの」

（嘘、ナマってこんなにすごいの。熱いオチ×チンの感触がこんなダイレクトに……薄いゴム一枚のあるなしでこんなに違うなんて……）

ナマの亀頭が入り組んだ膣襞を力強くこすりあげてくる感触に、智咲音は早くも絶頂感を覚えはじめていた。それでも年上の矜持が余裕ある態度を繕わせる。

「おぉぉ、智咲音さん……くぅぅ、はぁ、すっごい、さっきと全然違うよ。エッチなウネウネがモロに……あぁ、こんなのすぐにまた出ちゃいます」

「いいのよ、出して。いまは大丈夫な時期だから遠慮しないでそのままいいのよ」

快感に顔をゆがませる拓海に艶めいた微笑みを送ると、智咲音はゆっくりと腰を上下させはじめた。とたんに粘つく摩擦音が起こり、胴震いを繰り返すペニスで肉洞がしごきあげられ、女子大生の脳天にも鋭い喜悦が駆け抜けていく。

「あぁ、智咲音さん。くぅぅ、ヤダ、ひとりでイクのは……いっしょに、智咲音さんといっしょがいいです」

「あんッ、拓海くん、いっしょよ、私もいっしょに……だからあなたもいっぱい気持ちよくなって」

必死に射精衝動と戦っているらしい少年の一途さを可愛く思いながら、智咲音は自身の絶頂に向かって腰振りを激しくしていくのであった。

第三章　媚熟女の淫靡な覚醒

1

「中身は出してあるけど重いだろうから気をつけて。じゃあ、持ちあげるよ」

「待って。お父さんは腰をやったら困るからいいわ。家でお母さんと中に入っていた書き付けの整理をしていて。私が拓海くんといっしょに前を持つから」

「おばさん、僕、小さい頃から地元のお祭りで御神輿を担いだりしているのでたぶん一人でいけると思います。だからおばさんはそちら側を三人でお願いします」

　友人の祖父の言葉に美也子が反論し、移動しようとしてきた。それに対して拓海は問題ない旨を伝え、長方形の長持ちの上部に通された担ぎ棒に肩を入れた。

「わかったわ。でも、キツかったら言ってね。じゃあ、行くわよ、いっせいのせ」

友母のかけ声で立ちあがると、ズッシリとした重みが肩にのしかかる。それでも腰を入れ安定を保つことができた。そのままゆっくりと前へ、蔵の外へと進んでいく。

衝撃の初体験の翌日、金曜日の午前十時すぎ。再びの晴れ間となったこの日、美也子の実家の蔵整理が再開されていた。朝から製糸場を営んでいた頃に使っていた座繰り器や繭を煮るのに使っていた煮繭鍋などを運び出し、さらに蔵の奥に立てかけられていた夏の時期に障子代わりとして使った簾戸などの日用品も外に出していく。そして最後に大物の長持ちに取りかかったのだ。

一昨日の夕方、シャワーを浴びたあとに美也子の父親である長瀬家当主と相談し、長持ちの中に大量に入っていた書き付けを段ボール数箱に移して母屋に運びこんでいた。そのため長持ち本来の重さ程度になっていたが、頑丈な木で作られていたため単体でもけっこうな重さであった。

「重たい。一個運んだだけで手と肩、痛くなってきた」

「文句言わない。こっち側はお義姉さんも含めた三人で持っていたんだからまだいいでしょう。反対側は拓海くん一人で支えてくれていたのよ」

一つ目の長持ちを蔵の横に置いたとたんに智咲音が文句を口にした。すると紗耶香がこちらに労りの視線を向けながらたしなめていく。

「拓海くんは御神輿とか担ぎ慣れているから大丈夫って言ってたじゃない。ねぇ」

「えっ、あっ、は、はい、これくらいなら、なんとか」

息を呑む美貌に蠱惑の微笑みを浮かべた女子大生に胸をキュンッとさせられながら、拓海は少し頬が赤らむのを感じつつ返した。

(ヤバい、やっぱり智咲音さんの顔を見ると昨日のこと、思い出しちゃうよ。本当に僕はこんなに綺麗でスタイル抜群のお姉さんに初体験、させてもらったんだよな)

前日は二度目の性交を膣内射精で終わらせたあと、いっしょにシャワーを浴びその際にフェラチオで三度目の絶頂を味わわせてもらっていた。ホテルを出たあとは再び街を散策してお互いに身体の火照り、余韻を鎮めてから帰途についたのだ。

両手にはいまだに円錐形の美巨乳の弾力とボリュームが、そしてペニスにはとんでもない締めつけと卑猥な蠕動を見舞ってきた膣襞の感触がはっきりと残っている。鼻腔には甘い媚臭が、鼓膜には悩ましい喘ぎと囁きがよみがえり、腰がゾクリとしてしまった。ジャージズボンの下で淫茎が震え、鎌首をもたげそうな気配まである。

「ほら、まだ長持ち残ってるんだから次を運び出すわよ。拓海くんも無理しなくていいからね。キツかったらほんと正直に言ってね」

「はい、ありがとうございます。でも、これくらいなら大丈夫です。中身、先に出しておいたのがやはりよかったんだと思います。中が詰まっていたら持ちあげられなかったかもしれません」

　前日の智咲音との逢瀬（おうせ）を思い出しペニスを反応させそうになっていた拓海は、パンッと手を叩いて作業続行を指示する友母の声で一気に現実へと引き戻され、慌てて首を振った。

「さっすが男の子、頼りになるねぇ」

　美也子のあとにつづくように蔵へと戻っていると、横に並んできた智咲音が拓海の髪の毛をクシュッとしてきた。直後、左の二の腕が白いTシャツを盛りあげる女子大生の乳房と一瞬接触してしまい、思わずハッとなった。それだけのことで前日のことが思い出され、ペニスがまたしても反応しそうになる。

「そういえば拓海くん、洗濯物ってどうしてるの？」

「どうしてるって、別になにも……来週、家に戻ってからやるつもりですけど」

　拓海の態度にクスッと小さく笑みを浮かべた智咲音からの問いかけに首を傾げつつ答えていく。荷物は増えてしまうが、宿泊日数分の下着とシャツ、靴下は用意してきている。そのため汚れ物はビニール袋にまとめて入れていた。

「私、今日の作業が終わってシャワーを浴びたあと、姉のところの洗濯機を借りるんだけど、いっしょに洗ってあげようか？　乾燥までかけちゃうから夕食を食べ終わる頃には終わると思うけど」

「えっ、いや、そんなことまでしてもらうわけには……だ、大丈夫ですから」

思わぬ提案に驚きつつ首を左右に振った。だが、脳内では美人女子大生の下着と己のパンツが洗濯機の中で絡み合う場面が想像され、ポッと頬が赤らんでしまった。

「洗濯物、出してくれればおばさんがまとめて全部やるわよ。それにしても、すっかり仲良くなったみたいね」

「そりゃあ昨日一日ずっといっしょでしたから。拓海くんはもう私の弟みたいなものです。ねぇ、拓海。昨日はいろいろと楽しかったわよね」

振り向き言葉を挟んできた熟女に、智咲音は笑顔で返しつつ意味ありげな視線を送ってきた。

「は、はい、ほんとに楽しかったです」

頬がさらに赤らむのを意識しながらも拓海はかろうじて頷くことができた。

「本当に？　智咲音に迷惑かけられたりしたんじゃないの。大丈夫だった？」

「ちょっと酷い。迷惑なんてかけるわけないじゃない。ねえ」

「あっ、はい。逆に僕のほうが智咲音さんにご迷惑、おかけしたんじゃないかと思うくらいで。あの、ほんと、よくしてもらいました」

最後に蔵に戻ってきた紗耶香の言葉に智咲音がムッとした表情を浮かべ、それに対して拓海はどこかウットリとした顔を女子大生に向けつつ答えた。

「そう、それなら一安心ね。そうそう洗濯の件だけど、拓海くんさえよければウチの洗濯機使ってちょうだいね」

「あっ、ありがとうございます」

「じゃあ、それで決まりね。シャワーを浴びたらいま着ているシャツやパンツと昨日までの分、まとめて渡してね」

紗耶香の言葉に礼を述べた直後、智咲音が話を元に戻した。

「えっ、き、決まりなんですか」

「決まりで〜す。それと、お姉ちゃんへの口答えは許さないので、そのつもりで」

「それなら智咲音ちゃん、悪いけどお願いするわね。紗耶香さんもごめんなさいね、私が連れてきた子なのに」

美しい顔に悪戯っぽい笑みを浮かべた女子大生に圧倒され、返事が一拍遅れてしまった。その間に友母が女子大生と義妹に言葉をかけていた。

「いえ、全然。洋介くんが部活で来られないと知ったときはどうしようと思いましたけど、代わりに拓海くんが手伝ってくれて大助かりですから」

「洋介は体力はあるから荷物運びには適してるでしょうけど、拓海くんほど頭を使えない子だから、頭が使える拓海くんに来てもらったのは正解だったと思うわ」

「そ、そんな……僕なんてさしてお役に立ててなくて申し訳ないくらいです。ありがとうございます」

思いがけない高評価に若干の居心地の悪さを感じつつ、ペコリと頭をさげた。

「よかったね、拓海、美也子さんに褒められて」

熟女への気持ちを知っている女子大生が、からかうようにまたしても拓海の髪の毛をクシュッとしてきた。その瞬間、弾力ある膨らみが再び二の腕に感じられ淫茎がピクッと震えてしまった。

「うふっ、本当、お姉ちゃんにからかわれている弟って感じね。さあ、二つ目の長持ちを出しちゃいましょう。拓海くん、また前、一人で大丈夫かしら？」

「はい、いけます」

美也子の言葉に頷き、拓海は二つ目の長持ちの担ぎ棒に肩を入れるのであった。

2

（けっこう、肩と腰、きてるなあ）

午後十時半すぎ、あてがわれた部屋に戻った拓海は布団の上にあぐらをかき、両肩をストレッチするように何度も回すと今度は両手で拳を握り腰を叩いた。

長持ちを担ぐのに使った左肩に若干の痛みがあるが、腫れているわけではないため大したことはなさそうだ。腰のほうも疲労による倦怠感があるものの、こちらも入浴時に軽くマッサージをしたため、明日以降の作業に影響を残すことはないだろう。

（午後くらいにはだいぶ落ち着けたと思うけど、智咲音さんの姿を見たり、少し話をしたりするだけでドキドキしちゃったの、おばさんたちには気づかれてないよな。でも、智咲音さんはさすがに大人だよな。まるで何事もなかったかのように……）

脱童貞を果たしたばかりの拓海と違い、智咲音は前日のことなどなにも存在しなかったかのように変わらぬ態度で接してくれていた。その余裕に羨望を覚えると同時に、高校生とのセックスなど美人女子大生にとってはその程度の価値でしかない現実を見せつけられたようで、寂しさのようなものも多少は感じていたのだ。

（今日は智咲音さんに気を取られがちだったからか、おばさんのことそこまで意識しないですんだのはよかったな。でも、午後にはやっぱりおばさんのことが……）

智咲音への態度に折り合いがつきはじめた午後以降、拓海の中では友人の母親が占める割合が再び大きくなっていた。そのため汗に濡れる熟女の艶やかな美貌や、Tシャツが汗で貼りついたことでより鮮明となった身体のライン、たまらない柔らかさとボリュームの豊乳が気になってしまっていたのだ。

（おばさん、途中でちょっと困った顔になってたけど、あれって絶対僕がオッパイに見とれていたのに気づいたからだよな）

夕方近く、蔵の中の掃除を終え運び出していた荷物を戻している際、気づくと美也子が少し困ったよう目でこちらを見ていた。そのとき拓海は一昨日同様、汗でうっすらと透けていたブラジャー、そのたわわな膨らみを見つめていたのだ。熟女の困惑に羞恥がこみあげ、顔が驚くほど熱くなってしまったのである。

（智咲音さんとエッチさせてもらっても、僕にとっておばさんは特別なんだよな。今日からはまたおばさんのことを想像して……）

前夜はラブホテルで三度の強烈な絶頂経験もあり自慰はせずに眠りにつけたのだが、最後の射精から三十時間以上が経過した現在、陰嚢には新たに精製された欲望のエキスが溜まり、早期の解放を求める動きを見せはじめていた。

右手でパジャマズボンの上から淫茎をすっとひと撫でする。それだけで腰が震え、オンナを知ったばかりのペニスがその存在を主張してきた。パジャマズボンと下着を脱ごうと布団の上で膝立ちとなった直後、コンコンッと控えめなノック音が聞こえた。

「はい」

「遅くにごめんなさいね。ちょっとお邪魔するわね」

拓海が返事をするとドアが開き、美也子が小声でしゃべりかけながら中へと入ってきた。そして、音を立てないようそっと扉を閉めた。

「おばさん？　どうしたんですか、なにかありましたか？」

訝しく思いながら問いかける。ついさっきまで一階のリビングでいっしょだったのだ。熟女の両親が寝室に引きあげるタイミングで拓海や美也子、そして智咲音も二階の部屋へと戻ってきていた。そのため別れてまだ十分も経っていない段階で部屋を訪ねてきた友母には戸惑いを覚えてしまう。

「ううん、そうじゃないの。今日も一日ありがとう。とっても助かったわ。明日からもう一つの蔵のほうもお願いね」

「それはもう……はい、もちろんです」

そのために訪れ、一週間も食事と寝る場所を提供してもらっているのだ。

「うふっ、それで、ね……もしよければ今夜もまたおばさんが、その……してあげようかなと思って」

「してあげようかって……えっ！　おっ、おばさん、それって！」

「シッ！　静かに。大きな声を出すと隣の部屋の智咲音ちゃんに気づかれちゃう」

ためらいがちな様子で口にされた言葉。その意味を察した瞬間、拓海の全身に電流が走り抜け、自然と驚きの声が大きくなっていた。それを慌てたように美也子が注意してくる。

「あっ、ごめんなさい。でも、まさか、おばさんがそんなこと言ってくれるとは思ってなかったから」

すでに智咲音には一昨日の夜の段階で友母との関係は知られていたが、拓海は素直に頭をさげた。

(それにもし今夜のことを智咲音さんが知ったらまたからかわれるだろうし、ないしょにできるのならそのほうがいいよな)

「僕はすごく嬉しいですけど、いいんですか？」

「ええ、やっぱりその日の労働の対価はその日の内のほうがいいでしょう」

「あぁ、おばさん……」

(まさか、そんな嬉しいこと言ってもらえるなんて……ということは、蔵整理がある明日と明後日も……ヤバい。おばさんのこと、ますます好きになっちゃうよ)

うっすらと頬を染めながら頷いてくれた美也子を拓海は陶然と見つめた。自慰をしようとしていたペニスは正直なものでパジャマズボンの下で完全勃起へと至り、早く抜いてもらえと急かすように胴震いを起こしている。そのため自然と右手が股間へと向かい、強張りをギュッと握ってしまった。それだけで背筋に愉悦が駆けあがる。

「あんッ、拓海くんったら、もう硬くしてしまったのね。うふっ、ねえ、今夜もパジャマ、脱いだほうがいいかしら？　またおばさんのオッパイ、見たい？」

「み、見たいです！　見たいし、できればまた触りたいです」

「わかったわ。じゃあ、脱ぎっこしましょうか」

「は、はヒぃ」

艶めきを増した熟女の悩ましさに声が裏返ってしまった。呼吸が荒くなり鼓動が速くなっていく。ゴクッと生唾を飲みこんだ拓海は、いったん布団の上に立ちあがりパジャマズボンと下着をいっぺんにズリさげた。ぶんっとうなるように飛び出したペニスが裏筋を見せつける格好でそそり立つ。

「あんッ、すっごい、もうそんなに大きく……って、拓海くん、別に上は脱がなくても……あぁん、待ってね、おばさんもすぐに脱ぐから」

強張りに熱い視線を感じるとそれだけで肉竿が嬉しそうに震え、亀頭先端から我慢汁がじんわりと滲み出していく。興奮が先走り思わずパジャマの上衣も脱いでしまった拓海に焦ったような反応を見せた美也子が、急かされたようにパジャマの上を脱ぎ捨てた。砲弾状の熟乳がタップタップと悩ましく揺れながらその姿をあらわにする。

「あぁ、おばさん……おばさんのオッパイ、やっぱりすっごい……」

魅惑の豊乳。そのたわわさに鈴口からはさらなる粘液が溢れ出した。

「恥ずかしいからこんなオバサンのオッパイ、ジロジロ見ないで」

本当に恥ずかしそうに身をくねらせながら、美也子はなんとパジャマのズボンまで脱いでくれたのだ。前面にレースの刺繍(ししゅう)が施された薄紫色のパンティ。友母の秘唇を守る薄布に思わず息を呑み、凝視(ぎょうし)してしまった。

(おばさんがズボンまで脱いでくれるなんて……あぁ、すっごい、あの下におばさんのあそこが、オマ×コがあるんだ。あれも脱いで見せてくれないかなぁ……)

「あっ！　ヤダ、私、ズボンまで……もう、拓海くんが上も全部脱ぐから引っ張られちゃったわ。あんッ、こんなオバサンのだらしない下半身、そんなに見ないで」

拓海が今度はどこを見ているのか気づいたのだろう。ハッとした表情を浮かべた美也子が自身の失態に戸惑った様子を見せた。腰を少し引き両手でパンティの全面を覆い隠そうとする。すると今度は豊かな双乳がギュッと中央に寄せられる格好となり、柔らかな乳肉同士が密着してひしゃげ、とてつもなく深い谷間を出現させた。

「そんなの無理ですよ。いまのおばさん、すっごくエッチで素敵です」

興奮の高まりが呼吸をさらに荒くする。拓海の右手は自然と勃起をこすりはじめていた。愉悦が背筋を駆けあがり心地よい快感が脳内に広がっていく。陰嚢全体が嬉しそうに震え輸精管へと欲望のエキスを送り出す準備をはじめる。

「あんッ、ダメよ、自分でしては。おばさんが今日のお手伝いのお駄賃(だちん)として……」

覚悟を決めたのか、パンティを隠していた両手を脇にどかした熟女が近づいてきた。ユサユサと揺れる膨らみを見ているだけで恍惚感が増していく。

「さあ、オチ×チン、おばさんに渡してちょうだい」

恥じらいを含みながらも囁かれた甘い言葉にウットリとしつつ、拓海は硬直から手を離した。するとすぐさま美也子の右手が肉竿を優しく握ってくる。少しヒンヤリとした細指の感触。自身で握るのとはまったく別物の快感が脳天に突き抜けていく。

「うわッ、あぁ、おば、さン……」

「はぁン、硬いわ。拓海くんのコレ、すっごく硬くて、おばさんの手が火傷しちゃいそうなくらいに熱くて素敵よ」

「ンッ、くぅぅ、気持ち、いい……おばさんに触ってもらうの、自分で触るのとは全然違っていて、すっごく、ハァ、すぐに出ちゃいそうです」

「いいのよ、出して。我慢しないで、白いのいっぱい、ピュッピュしてちょうだい」

「あぁ、おばさん……」

優しく肉竿がこすりあげられると一気に射精感が迫りあがってきた。それを懸命に抑えつけ両手を熟女の豊乳へとのばす。手のひらからこぼれ落ち、しっとりと指に貼りつく、蕩けるほどに柔らかな乳肉をひと揉みするだけで夢見心地になってしまう。

「ウンッ、いいわよ。こんなオバサンのオッパイでよければ、好きなだけ触ってちょうだいね」

「ありがとうございます。僕、おばさんのこの大きくて柔らかいオッパイ、大好きです。あぁ、本当に気持ちいい……」

悩ましく瞳を細めた友母に陶然と返し、ありあまるボリュームを堪能するように肉房を捏ねまわしていく。すると手のひらに感じる乳首が徐々に硬化してきた。

（ほんとおばさんのオッパイ、柔らかくてたまらないよ。智咲音さんのオッパイも大きくって弾力がすごかったけど、この指がどこまでも沈んでいくような揉み心地には安心感が……あぁ、吸ってみたい。有坂、ごめん。お前のお母さんのオッパイ、吸わせてもらうよ)

脳内では自然と前日に触れさせてもらった女子大生の美巨乳との比較が行われていた。智咲音の美しい円錐形で弾力に富んだ膨らみも最高の揉み応えであったが、美也子の熟乳がもたらしてくれる心の平穏には及んではいなかった。

熟女の右手が上下に動くたびに漏れ出した先走りが細指と絡みチュッ、クチュッと粘つく摩擦音を奏であげていた。ペニス全体が小刻みに跳ねあがり、煮えたぎった欲望のマグマが噴火口を開こうと圧を高めてきているのがわかる。

その衝動を我慢した拓海は腰を少し引き気味にして膝を曲げ、友母の右乳房に顔を接近させた。右手で左の膨らみを揉みあげつつ右乳首をパクンッと咥えこんでいく。とたんに鼻腔粘膜いっぱいに甘い乳臭が流れこんできた。

「はンッ、拓海くん、そんな、ダメよ、あんッ、オッパイ吸うのは……あぅンッ、はぁ、そんな強く、吸わないで」

チュッ、チュパッと充血したポッチを吸いあげると、美也子の全身がビクッと跳ねあがった。腰が切なそうに左右に揺れ動いているのがわかる。強張りをこする右手にも力が加わり、肉竿がギュッと強く握られてしまった。その瞬間、強めの喜悦が脳天に響き一段と射精感が高まる。それをなんとかやりすごし、拓海は鼻の頭を豊乳に押しつけ甘い乳臭で肺腑を満たしながら乳首を吸いつづけた。

(本当にすっごい……僕はいま右手で柔らかいオッパイを揉みながら甘い乳首をチュウチュウさせてもらって、なおかつ硬くなったのをおばさんに……)

まさに夢見心地な心境であった。このまま快感に身を任せ絶頂まで駆けのぼってしまいたいと思う一方、それ以上のことを求めたい気持ちもあった。

(でも、おばさんとも最後まで……おばさんのあそこで気持ちよくなりたい)

智咲音に初体験をさせてもらい、女性を知ってしまったが故の願望。童貞であったならば妄想はできても実現は不可能と考えていた事案。一目惚れをした女性を求める想いが急速に膨れあがっていく。

「ンぱぁ、ハァ、おばさん、お願いが……おばさんのあそこも見せてください」

「えっ⁉」

硬化した乳首を解放した拓海は、愉悦に顔をゆがめつつも禁断の願いを口にしていた。その瞬間、美也子の両目が驚きに見開かれ、信じられないといった表情で見つめ返してくる。握っていたペニスからも手を離し一歩距離を取ってきた。

「お願いします」

「そんなこと言われても困るわ。オッパイを触らせたり、硬くなったのを握ってあげることだって、本当はダメなのよ。それなのに、さらにあそこを見せてほしいって言われても……」

「許されない願いだっていうのは、とんでもない我が儘だっていうのはわかっています。でも、一度だけでいいんです」

友母のどこか怯えすらも感じさせる眼差しに罪悪感がこみあげてきた。だが、引き返すこともできない。熟女の母性に、慈悲(じひ)にすがるように深く頭をさげつづけた。

「ふぅ、本当に一度だけよ。わかっているでしょうけど、絶対にないしょよ」

しばらくすると、大きく息をついた美也子が根負(こん)けした様子で許しをくれた。

「あぁ、おばさん！　ありがとうございます。はい、絶対に誰にも言いません」

「恥ずかしいから、後ろを向いていて。いいって言うまで振り向いちゃダメよ」

「は、はい」

喜びに顔をあげると困惑を浮かべつつも熟女が指示を与えてくる。拓海はそれに素直に従(したが)い、その場でクルッと半回転した。今度は小さく息をつく音が聞こえ、ゴソゴソと動いている気配を背中に感じる。

（本当におばさんのあそこ、見せてもらえるんだ。まさかこんな我が儘を聞いてもらえるなんて……怒って部屋を出て行かれても文句は言えなかったのに）

美也子の優しさにつけこんでいるようで申し訳ない気持ちにもなるが、それ以上に憧れの熟女の秘所を拝(おが)める幸運に緊張感が一気に増してくる。

「い、いいわよ」

かすかに震えた声が鼓膜を震わせると、拓海の全身にゾワゾワッと震えが駆け巡った。ゴクッと唾を飲みこみゆっくりと振り返る。

「あぁ、おばさん……」

飛びこんできた光景に感嘆の呟きがこぼれ落ちた。友母は布団の上に座りこみ、脚をM字型に開いてくれていたのだ。引き寄せられるように熟女の脚の間に座りこむ。そして目的の場所に視線を向けた。

むっちりとした太腿の間、デルタ形に茂(しげ)った陰毛のさらにその下で開陳(かいちん)されていた淫裂。卑猥に口を開けたそこは、少し黒ずんだ褐色(かっしょく)でビラビラが左右にはみ出してぽってり肉厚な印象だ。さらにその表面はうっすらと濡れて光沢を放っていた。前日に初めて目の当たりにした女性器、女子大生のどこか清廉(せいれん)さすら感じさせる秘所とは明らかに一線を画(かく)す熟した女陰であった。

（これがおばさんのオマ×コ……有坂、本当にごめん。僕、お前が生まれてきた場所、おばさんの大事なところを見ちゃってるよ。智咲音さんのよりずっとエッチで、見ているだけであそこがムズムズしてきちゃう。それに、おばさんのあそこ、少し濡れてるんじゃ？　もしかしてオッパイを触られて感じてくれていたんじゃ？）

友人の熟母が豊乳を触られたことで秘唇を潤ませている現実に絶頂感が急速に高まってくる。痛いほどにいきり立つペニスが何度も大きな胴震いを起こし、張りつめた亀頭先端からは粘度を増した先走りが溢れ出しいく。このまま手を触れなくてもじきに射精してしまいそうだ。

「お願い、そんなにじっくりと見ないで。おばさんもういい年だから、形も色もだいぶグロテスクでしょう」

（私、本当になにをやっているのかしら。わざわざ拓海くんの部屋を訪れて胸を自由にさせながら硬くなったのを握ってあげて、しまいには……）

息子の友人に淫唇を晒（さら）している羞恥がいまさらながらに大きくなっていた。そのため美也子は赤く染まった顔を恥ずかしそうにそむけ、少し震えた声で訴えかけた。

夜、少年が一人でいる部屋を訪れるべきではなかった。それはわかりきっていたことだ。しかし、一昨日、久しぶりに触れてしまったたくましい男性器、最後にはフェラチオまで施してしまったペニスにあてられ、十年近い眠りについていたオンナの部分が目を覚ましていた。

(自分で慰めたのがいけなかったのかしら。あれでいっそう刺激を欲しくなって、それで……)

一昨日、自分の部屋へと戻った美也子は昂った肉体を自らの指で慰めていた。それによって悦びを思い出した身体がさらなる刺激を欲してしまったのだ。だが理由もなく再び拓海の淫茎を弄ぶわけにはいかない。そのため前夜は控えたのだが、この日は再び蔵整理をしたことでそのお礼という口実ができていた。

「そ、そんなことないです。とっても素敵で、ゴクッ……あ、あの、舐めさせてもらえませんか」

「なっ、舐めるって……なにを言っているの、そんなのは絶対にダメよ。こうして見せてあげるのだって本当は……」

熱い眼差しで淫裂を見つめる拓海の言葉に、美也子の全身がゾワゾワッと震えた。だが不思議とどこか落ち着いた気持ちもあった。

(拓海くんは初めてだろうし、そんな子が女のあそこを見たらどうなるかなんてわかっていたはずよ。それでも見せているっていうことは、私もどこかで期待して……でも、いくらあの人から相手にされなくなったからって洋介の友だちとなんて……)

潜在的に期待している自身の心に戸惑いを覚える。だが、夫からオンナとして見られなくなって久しいだけに、拓海が向けてくれる憧憬がたとえ母親の愛情を欲するものに起因していたとしても、熟女の心を、オンナとしての自尊心を満たしてくれたことも事実であり、この結末もどこかで必然であると思えてしまう。

「わかっています。おばさんの優しさに甘えてるって……すっごく失礼なこと言っているし、怒られても当たり前だってこともわかっています。有坂にも顔向けできないことだって……でも、それでも……本当に僕おばさんのことが……だから……」

淫裂から視線をあげ、潤んだ目でまっすぐに見つめてくる拓海に美也子の母性が激しく揺さぶられた。

(こんな目で見つめられたら……あぁん、卑怯だわ。でも、少なくともアレはスッキリさせてあげないといけないわよね。アレは、私がはじめたことなんだし)

美也子を求める気持ちが本物であることがヒシヒシと伝わってくる。だからといって簡単に承諾してやることはできない。だがそれとは別に少年の股間でいきり立つペニスだけはちゃんと満たしてやらなければ、という思いにさせられていた。

(それにしても本当にすごいわ。あんなに元気よく天井に向かって……)

誇らしげに裏筋を見せつけ屹立する淫茎。パンパンに張りつめた亀頭、そこから漏れ出した先走りの香りがうっすらと鼻腔粘膜をくすぐってくる。その匂いだけで腰が妖しく震え子宮が疼く。その結果としてトロッとした淫蜜が開陳する秘唇から滲み出していくのがわかる。その現実がさらに美也子の羞恥と淫性を刺激してきた。

「私がこの前みたいに拓海くんのをお口でしてあげるだけではダメなのね」

「いえ、そんなダメでは……お口でもしてもらえるのも僕にとっては夢みたいなことで……ただ、あそこを見ちゃったらもっとって……スミマセン」

熟女の言葉に拓海が慌てたように首を激しく振ってきた。ただそのあとにつづいた消え入りそうな声が物悲しく聞こえ、美也子が罪悪感を覚えてしまうほどであった。

(もっと積極的に迫ってくれれば私も認めてあげやすかったのに……でも、経験のない子にそれを求めるのは酷よね)

いつの間にかクンニを許す方向に心が傾いていることを自覚させられた。

「し、仕方、ないわね。本当に我が儘な子なんだから。本当にこれが最後よ。これ以上のことは絶対にダメだからね」

「あぁ、おばさん。ありがとうございます」

パッと顔を輝かせた少年の素直すぎる反応に、自然と笑みがこぼれすっと心が軽くなったような気さえする。そのため、早速布団にうつぶせになろうとした拓海にさらなる提案をすることにも抵抗を感じずにすんだ。

「あっ、待って。どうせなら、舐め合いっこにしない？　最後にはおばさんが拓海くんのをお口でしてあげることになるんだし、だったらいっぺんに」

「そ、それって、シックスナインですよね。そんなことまで、いいんですか」

「ええ、もちろんよ。でも、そんなに驚くことではないでしょう」

驚きに両目を見開きかすれた声で尋ねてくる少年の態度に、美也子のほうが逆に驚いてしまった。それでも拓海には布団にあおむけになるよう促していく。緊張しているのか何度も首肯を繰り返しながら少年が布団に横たわる。

「じゃあ、おばさんも失礼するわよ」

声をかけてから拓海の顔を跨ぐように膝をついた。そしてそのまま上半身を少年の下腹部に向けて倒していく。

「あぁ、すごい。おばさんのオマ×コが真上に……そ、それに、大きなオッパイがエッチに揺れてて……はぁ、ほんとにすっごい」

「あんッ、そんなこと言わないで、恥ずかしくなっちゃうわ」

陶然とした呟きに腰が震えてしまう。拓海の両手がむっちりとした太腿に這わされ、内腿には熱い吐息が吹きかかる。少年の手の熱さに興奮の強さを垣間見ながら、美也子は両肘を拓海の腰の横についた。

ユッサユッサと揺れさらなる量感を増した砲弾状の熟乳が少年の腹部でグニュッとひしゃげる。硬化していた乳首が押し潰され、背筋に新たな愉悦が駆けあがった。さらに眼前にはたくましい勃起が迫っており、張りつめた亀頭先端から漏れ出した先走りの香りに快楽中枢が揺さぶられていく。

「ほ、ほんとにすごい、こんな近くにおばさんのあそこが……あぁ、トロッてエッチな蜜が溢れてきていて、なんか鼻の奥がムズムズする匂いも……」

「お願い、そんな報告しないで。おばさん、本当に恥ずかしいんだから。それに拓海くんだって、ここをこんなにたくましくしちゃって、ほんといけない子なんだから」

濡れた秘唇に少年の息が直接吹きかけられ、美也子の豊臀が切なそうに揺れ動く。言葉によって淫裂の状況を説明された羞恥を誤魔化すように、熟女はたくましい屹立に手をのばした。熱い血潮漲る肉竿にやんわりと指を絡め、咥えやすいように起こしあげていく。

「ンッ、くッ、はぁ、お、おば、さん……」

「あぁん、拓海くんのオチ×チン、本当に硬くて、熱くて素敵よ。すぐにおばさんが楽にしてあげますからね」

ビクンッと腰を大きく突きあげ愉悦をあらわにした拓海を可愛く思いながら、美也子は亀頭先端にチュッとキスをすると、そのまま口腔内へと迎え入れた。とたんに生殖器官の生臭さがダイレクトに鼻腔をくすぐってくる。ゾワッと腰を震わせ、悩ましく眉根を寄せながらも、ゆっくりと首を振りペニスに刺激を加えていった。

「ンほぅ、あぁ、おばさん……くぅう、ハァ、ぼ、僕も、おばさんの、舐めさせて、うッ、もらいますね」

熱い吐息混じりの言葉が聞こえた直後、秘唇がレロッと大きく舐めあげられた。その瞬間、鋭い喜悦が脳天に突き抜け、色とりどりの火花が眼窩に瞬く。

「ンむっ、うぅ、むぅン……」

（舐められてる。私のあそこを拓海くんが、洋介の友だちが……あぁん、ダメ、こんなの久しぶりすぎてすぐにおかしくなってしまいそう）

十年近い眠りについていた淫裂。そこを襲うダイレクトな刺激に、美也子はペニスを咥えたまま苦しげなうめきをあげた。腰には早くも小刻みな痙攣が襲いはじめ、さらなる刺激を求める肉洞が妖しい蠕動を繰り返しながら淫蜜を圧し出していく。

チュッ、チュパッ、ンチュッ……しっとりとした熟女の腰肌を両手で抱えこみ、拓海は友母の秘唇にせっせと舌を這わせていた。味蕾には少しすえた酸味が広がり、脳が酔わされたようにクラクラとしそうになる。

(僕はいま本当におばさんのあそこを、有坂のお母さんのオマ×コを舐めさせてもらってるんだ。智咲音さんのエッチジュースは甘酸っぱい感じだったけど、おばさんのはちょっとクセが強いかも。でも、エッチな感じは断然おばさんのほうが……)

前日に初めて目の当たりにした女陰。智咲音のそれは色も形も美しく、さらに味わいも甘みが前面に押し出されている感じであった。だが、憧れの熟女の秘所はオトコを誘いこまんとする卑猥さに溢れ、そこから放たれた蜜液も少し酸味が強い感じでほのかな甘みがあとからやってくる奥深さであった。二十歳の女子大生と四十路の熟妻。それはまさに熟成度の違いであり、ヌーヴォーとヴィンテージの差だ。

「ンむっ、うぅン……チュパッ、クチュッ、ヂュチュ……」

切なそうに腰を動かしつつも熟女の唇は優しくペニスをこすりあげてくれていた。生温かな口腔内でヌメッとした舌が、張りつめた亀頭を刺激してくる。

「ンぐっ、ぱぁ……あぁ、おばさん、僕、もう、うぅ……出ちゃいそうです」

迫りくる射精感に拓海はいったん淫裂から唇を離し、絶頂感の近さを訴えた。

「ンむぅ、はぁン、いいのよ、出して。この前みたいにおばさんが全部ゴックンしてあげるから、我慢しないで白いのいっぱいピュッピュしてちょうだい……はぅ」

悩ましくヒップをくねらせる熟女もペニスを解放すると、強張りに甘い吐息を吹きかけながら返事をしてきた。そしてすぐにまた温かな口腔内に肉槍が咥えこまれていく。拓海を一気に射精に導こうとしてか、美也子の首振りが激しさを増していた。

「ンはっ、あぁ、くぅぅ、ダメです、そんな激しくされたら僕、本当に……あぁ、おばさんも、ハァ、おばさんにももっと気持ちよくなってもらいたいのに……」

柔らかな唇粘膜に高速で硬直がこすりあげられ、大胆に動く舌で亀頭を嬲りまわされると、噴火を求め暴れまわっていた欲望のマグマが急上昇してきた。眼窩に瞬く悦楽の火花が徐々に閃光を強めている。

(ダメだ、本当にもう……でもまだ、せっかくこんなこと許してもらえたんだから、おばさんにももっと気持ちよくなってもらわなきゃ……)

肛門を引き締めるようにして懸命に射精衝動を抑えていく。しかし、それを凌駕する絶頂感がこみあげていた。それをなんとかやりすごし、友母の卑猥なスリットに再度挑みかかった。

ギュパッ、チュパッとぬかるんだ秘唇を舐めあげる。すると嬉しそうに熟女の豊臀が左右に振られた。舌先に感じる淫蜜もその量を増してきている。

(感じてくれてる。僕がおばさんを……あぁ、ダメ、出ちゃう。こうなったら最後はメチャクチャに……)

腰に小刻みな痙攣が襲い、亀頭がググッと膨張し弾ける寸前になっていた。気を抜いた瞬間に白濁液を噴きあげてしまいそうだ。最後の意志でどうにか抑えこむと、拓海は淫臭漂う秘唇に唇を密着させ、舌を肉洞に向かってグイッと突き出していく。そしてそのまま熟女の膣内でデタラメに舌を蠢かせた。

「ンぐっ、うぅン……ヂュパッ、クチュッ、ヂュチユゥゥゥ……」

ドバッと口内に流れこんできた濃密な淫汁を、むせ返りそうになりつつも喉の奥に流しこんでいく。

「ンむぅ、ふぅん……ぢゅちゅっ、グポッ、グチュッ……」

腰を激しく震わせた美也子の唇がキュッとすぼまり、肉竿に歯が当たった。だが、それも一瞬のこと、すぐさま強烈な口唇愛撫を見舞ってきた。卑猥なチュパ音が連続的に起こり、亀頭がいっそう強く舌で弄ばれていく。

「ンぱぁ、ハァ、出る、僕、もう……おばさん、おば、さンッ、あぁぁぁぁ……」

その瞬間は突然であった。まばゆすぎて痛みすら覚えそうな強烈な瞬きが眼窩を襲い、視界が一瞬にしてホワイトアウトする。腰が激しく突きあがり、ペニス全体が弾け飛んでしまいそうなほどの脈動が訪れ、猛烈な勢いで駆けあがった欲望のエキスが友母の喉奥に向かって迸った。

「ンぐっ！　むぅ……うぅぅ、うぅン……」

「出る！　僕、まだ……あぁ、おばさんのお口に、くッ、はぁ、気持ちいいよ」

苦しげなうめきを漏らしつつも強張りを咥えつづけてくれる美也子。その熟女の柔らかくボリューム満点の尻肉をギュッと鷲掴むようにしながら、拓海は意識が飛びそうな快感に身を任せるのであった。

3

「ンむっ、うぅん……コクッ……ゴクン」

悩ましく柳眉をゆがめた美也子は、口腔内に放たれた欲望のエキスを嚥下するとゆっくりと身体を起こした。跨がっていた少年の顔から腰をあげ、布団の上にペタンと尻をつく。

「あぁ、おばさん、ありがとうございました。すっごく気持ちよかったです。でも、ごめんなさい。せっかくあそこ舐めさせてもらったのに、おばさんのこと全然……」

上気し蕩けた顔をこちらに向けた拓海が、荒い呼吸を繰り返すなか、途切れ途切れに言葉を紡いでくる。

「そんなことはないわよ。おばさんもすごく気持ちよかったわ。それに、拓海くんが気持ちよくなってくれるのが一番だったんだから、気にする必要ないのよ」

快感に満たされつつもどこか申し訳なさそうな表情を浮かべた少年に、美也子は首を振った。だが、実際のところは中途半端に刺激を受け高められた淫欲が、最後まで面倒をみろと訴えかけてきていた。

（今夜もまたお部屋に戻ったら自分で慰めないといけなくなっちゃったわね）

経験のない男の子に秘唇を委ねたのだ。ある程度の予想はできていた。しかし、それが現実になるとなんともやるせなさがこみあげてくる。

「ありがとうございます」

相変わらず申し訳なさそうではあるが、少し安堵の色を浮かべた拓海の素直な態度には自然と頬が緩んでしまった。

（ふぅ、パジャマを着て部屋に戻らないと。でも、このままパンティを穿いたらクロ

ッチ、濡れちゃうわよね。かといって裸で戻るわけにはいかないし）

乱れていた呼吸が元に戻った美也子は新たな難題に直面していた。たっぷりとぬかるみ、男性を迎え入れる準備を整えている肉洞からはいまだに淫蜜が滲み出しつづけている。この状態で下着を身に着けたら股布に大きなシミを作ってしまうことは確実だ。かといって、パジャマや下着を手に持ち裸で部屋に戻るのもリスクがあった。なにせ隣の部屋には義妹の実妹である智咲音がいるのだ。タイミング悪く廊下に出てこられたら……可能性は低くとも怖くてその選択肢は取れそうにない。

（濡れたあそこを少し拭って、それで下着を着けるしかないわね。あぁん、そんな場面を拓海くんに見せたら、また大きく……えっ？　す、すごい。あんなにいっぱいお口に出した直後だっていうのに、この子の、まだ……）

とりあえずの解決策を考えた美也子は、布団に横たわったまま脱力している拓海の下半身を見てハッとした。少年の股間は先ほどまでの勢いは失っているがいまだ半勃ち状態を維持しており、熟女に裏筋を見せてきている。

（あんッ、ヤダ、あそこの疼きがさらに……ダメよ、それは。拓海くんは洋介の友だちなのよ。あそこまで見せて、舐めさせちゃったとはいえ、そんな子と……）

男子高校生の旺盛な性欲を見せつけられ、快感に飢える四十路女の性感が激しく揺さぶられた。迎え入れてしまおうと膣襞が蠢きさらなる蜜液を圧し出してくる。だが、けっして許されることではないだけに、美也子の胸で激しい葛藤が巻き起こった。

(そういえば一昨日も一度手で出してあげたあとにお口で……だったら、今日は一回だけっていうのはバランス悪くないかしら。でも、一度目が口で二度目が手だとそれはそれでバランス悪そうだし……それなら仕方ないわよね)

脳内で天使と悪魔が都合のいい理由づけを作りあげていく。

「いけない子ね、あんなにいっぱいおばさんの口に出したのに、まだこんなに……」

引き寄せられるように美也子は拓海の腰に跨がると右手を半勃ち状態の淫茎にのばした。熟女の唾液と垂れ落ちた精液の残滓でヌチョッとしている肉竿を優しく握る。

「うわッ、えっ？　お、おばさんッ!?」

予想外の行動だったのだろう、拓海の両目が驚きで見開かれた。しかし、射精の倦怠感を引きずっているらしく、上半身を起こす動作は少しスローな感じだ。

「あんッ、すっごい。ちょっと触っただけなのにもうこんなに硬く……」

淫茎を握る右手には瞬時に完全勃起を取り戻した、熱い血潮がパンパンに漲るたくましさがありありと伝わってきた。

「お、おばさん、まさか……さっ、最後、まで……」

「初めての相手がこんなオバサンじゃ嫌かしら？」

「あっ、いえ、そんなことは……おばさんとエッチできるなんて、夢みたいで」

かすれた声で問いかけてくる少年に、美也子は媚びを含んだ目で返した。すると拓海が激しく首を振り、陶然とした眼差しで見つめ返してきた。

（拓海くんの私への気持ちを知っていて尋ねてるんだから、私もたいがい卑怯よね。自分の欲望を鎮めるための方便でもあるんだから、それなりの経験にしてあげないと……洋介、悪いお母さんで本当にごめんなさいね）

オンナの欲望を満たすために少年の想いを利用しようとしていることに申し訳なさが募ってくる。そして、それは同時に夫や息子に対する裏切り行為でもあった。だが、自分をオンナとして見ていない夫への後ろめたさはさほど湧いてこない。しかし、母親としての罪悪感は強く、胸の内で息子に謝罪していた。

「夢じゃないのよ。拓海くんはこれからおばさんと……本当にいいのね？」

「は、はい、もちろんです。よろしくお願いします。あっ、でも、ゴムとか着けないといけないんじゃ」

「そうね、本来なら着けたほうがいいわよ。そこにちゃんと気づくなんて、拓海くんは偉いわね。でも、いまはおばさん、大丈夫な時期だから、このままでいいのよ」

ウットリとした表情を浮かべる少年がハッとした様子で問いかけてきた。それに対して美也子は艶然と微笑み返していく。

「あぁ、おばさん……」

「さあ、さっきみたいに横になって。そうすればあとは全部おばさんが……」

ゴクッと生唾を飲んだ少年が再び上半身を横たえると、美也子は垂直に押し立てたペニスに向かってゆっくりと腰を落とした。直後、チュッと小さな蜜音を立て淫裂に亀頭が接触する。

「うわッ、ぼ、僕のがおばさんのオマ×コとキスしてる……ほ、本当にこれからおばさんと……おばさんの膣中に挿れさせてもらえるんですね」

「あんッ、ダメよ、そんなエッチな言葉、使わないで。でも、うンッ、そうよ。いまから拓海くんのこの立派なオチ×チンがおばさんの膣中に……いけないことだけど、私たちはひとつになるのよ」

早くも呼吸を荒くしはじめている拓海に美也子は悩ましく目を細め頷いた。腰を前後に動かし、強張りを膣口に誘っていく。その小さなこすりあげだけで、昂っている性感がいっそう煽られた。

（本当に私、この子と……息子の同級生の男の子と……）

背徳感に腰が震えた直後、ンヂュッと音を立て亀頭先端が膣口に入りこんだ。それだけで柔襞が激しく蠕動し、入口と接触した亀頭に向かって淫蜜を滴らせていく。

「あっ！　お、おばさん」

「いい、イクわよ」

淫裂に熱い眼差しを向けてきていた拓海に頷き返し、美也子は小さく息を整えるとズイッとヒップを落としこむ。グジュッとくぐもった音をともない、いきり立つ少年のペニスが四十路女の肉洞に侵入した。

「はンッ！　あぁ、挿ったわ……うンッ、拓海くんの硬いの、おばさんの膣中に奥まで全部、はぁ、挿ってきてるぅ」

（す、すごい……本当になんて硬さと熱さなの。挿れられるのほんとに久しぶりだから、私、これだけで……）

脳天に突き抜け、快楽中枢を激しく揺さぶる鋭い喜悦。張りつめた亀頭が熟襞をこすりあげ膣奥へと侵攻してくる感触。約十年ぶりに味わうたくましいオトコに、美也子は早くも軽い絶頂感を味わっていた。

「ンはッ、はぁ、挿ってる……ぼ、僕のが本当におばさんの膣中に、ね、根元まで完全に……す、すごい、気持ちよすぎて僕、すぐに出ちゃいそうです」

「いいのよ、出して。さっきも言ったけど、おばさんいまは大丈夫なときだから、我慢しないでこのまま……」

快感に顔を蕩けさせ感嘆の声をあげる拓海に微笑みかけ、美也子はゆっくりと腰を上下に動かしはじめた。ギュッ、グチュッと背徳の性交音を奏で漲る肉槍が膣道を往復していく。ピクピクッと膣内で小刻みに跳ねあがるペニスで柔襞をしごかれると、本格的な快感が快楽中枢を揺さぶってきた。

「くわッ、はっ、あぁ、お、おばさん……」

愉悦の声をあげた少年が両手を熟女の豊乳へとのばしてきた。砲弾状に突き出たたわわな柔乳が優しく揉みこまれていく。すると新たな悦びが全身を駆け巡り、美也子の口からも自然と甘い喘ぎがこぼれ落ちた。

「はぅン、いいのよ、好きにして。おばさんの身体はいま拓海くんのモノだからね。あんッ、いい……拓海くんの硬いので膣中こすられると、おばさんも、うンッ……」

(ほんとにすごいわ。硬いのでこすりあげられると、それだけで私、本格的にイッちゃいそう……まさか、高校生の男の子に、洋介のお友だちとのエッチでこんな気持ちにさせられるなんて……)

久しぶりに胎内に感じるオトコの漲りが、自身がまだ現役のオンナであることを実感させてくれる。そして久々の快感を与えてくれるペニスの持ち主は息子の友人。未成年の少年相手の淫行が、家族を裏切る罪深さが、背徳のエッセンスとしてさらに性感を煽ってきた。

「ンくッ、はぁ、すっごい……おばさんのエッチなウネウネでこすられると、本当にすぐに……」

手のひらから余裕でこぼれ落ちる豊乳を捏ねあげつつ、拓海は迫りあがる射精感と懸命に戦っていた。優しく膣襞でしごかれるたびに強張り全体が跳ねあがり、弾ける瞬間を待ち侘(わ)びるように亀頭がさらに膨張していく。

(してるんだ。僕はいま本当におばさんと、有坂のお母さんとセックス、しちゃってるんだ。あぁ、有坂、本当にごめん、お前のお母さんと……)

強烈な締めつけと複雑に入り組んだ膣襞が四方八方から絡みつく智咲音の肉洞に比べ、美也子の膣中は甘く優しい感じであった。適度な締めつけ具合とペニスを甘やかしてくれるような膣襞の蠢きはどこか安心感を抱かせてくれる。

(それにこの大きなオッパイ。智咲音さんもすっごく大きなオッパイをしていたけど、おばさんはさらに……それに、このたまらない柔らかさはやっぱり別格だよ)

しっとりと指に吸いつく餅肌。そして熟した軟乳だけが持つ変幻自在の柔らかさ。拓海にとっては揉めば揉むほど虜になるまさに魔乳であった。

「あぁん、すっごい、まだ大きくなるなんて。素敵よ、拓海くん」

「だって、おばさんの膣中、ほんとに気持ちいいから。それに、このオッパイも最高で……あぁ、おばさん、おば、さンッ」

悩ましく細めた瞳で見おろしてくる友母をウットリと見つめ返し、拓海は本能的に腰を突きあげた。規則的であった美也子の動きを崩す律動。ギュチュッ、グジュッと粘ついた摩擦音もそのリズムを乱し硬直に絡む膣襞の蠢きも不規則になる。

「はンッ、ダメよ、そんな下から突きあげないで……あぁん、おばさんが全部、してあげるから、あんッ、拓海、くん……」

「ごめんなさい、おばさん。でも、ンくぅ、おばさんのここ、ほんとに気持ちよくって、はぁ、もっと、もっといっぱい感じたいんです」

熟女が与えてくれる甘やかな刺激とは違い、ひたすら射精を追い求めるがむしゃらな突きあげ。その激しさに応えるようにキュンキュンッとわななきながら肉竿に絡みつく柔襞の動きに、絶頂感が一気に迫りあがってくる。

(もっとずっと、おばさんとエッチしていたいけど、同じくらいおばさんの膣奥に早

く射精したくてもたまらないよ。本当はおばさんにも気持ちよくなってもらいたいけど、ダメだ、そんな余裕、全然ない）

もしかしたら前日の女子大生との初体験時のほうが相手のことを気遣えていたかもしれない。だが、憧れの熟女との初性交では感激のほうが先に立ち、一秒でも早く美也子の胎内に己の証（あかし）を刻みこみたい思いに突き動かされていた。

「はぁン、ほんとにいけない子なんだから。そんな悪い子にはお仕置きよ」

ゾクッとするほど艶めいた目を向けてきた美也子が、拓海の腹部に両手をついた。

そしてそれまで規則的であった腰の動きを一気に変化させてきたのだ。

上下動に加え円を描くようなグラインド運動が加えられてくる。さらに、意図したものなのか肉洞全体がキュッと締まり、より強いこすりあげがペニスを襲った。

「うわぁ、お、おばさん、ダメです。そんな激しく腰、動かされたら、すぐに……」

それまでの甘い刺激とは明らかに一線を画する鋭い快感。締まりが強まったことにより膣襞もより強張りへの干渉（かんしょう）を強化した様子で、膣奥へ膣奥へと誘う動きが激しくなっている。眼窩に瞬く悦楽の火花もより色鮮やかとなり、視界がグラグラと揺れてしまいそうだ。

「いいのよ、出して。おばさんのことをいっぱい感じてちょうだい。はンッ、すごいわ、拓海くんの、おばさんの膣中でさらに大きく……うンッ、たくましいので膣中、ゴリゴリされるとおばさんも……あっ、はぅン……」

「はぁ、おばさん……くぅぅ、おば、さ、ンッ」

（まさかおばさんがこんなにエッチだったなんて……膣中の動きもさっきまでとは全然違ってる。す、すごい。これが大人の女の人なのか……）

急変した美也子の腰遣いに拓海は圧倒されていた。積極的に下からペニスを突きあげることもできなくなり、両手を豊乳に被せたままマグロ状態であった。与えられる鋭い喜悦に肉槍全体がドクン、ドクンッと脈打ち、射精のトリガーが引かれる瞬間をいまや遅しと待ち受けていた。

「あぁん、ほんとに素敵よ。さあ、出して。おばさんの膣奥に拓海くんの熱いミルク、いっぱい注ぎこんで」

「あぁ、おばさん。出します！　僕、もう本当に、限界でッ、はっ、あッ、あぁぁ、でッ、出ッりゅぅぅぅぅ……ッ！」

淫靡に潤んだ瞳で見おろしてくる友母の凄艶さに魅入られた拓海は、恍惚の表情を熟女に向け快楽の海にその身を投げ出した。睾丸が発射ボタンを押すようにクンッと根元に圧しあがる。刹那、満を持したマグマの奔流(ほんりゅう)が迸り出た。

「はンッ！　来てる……熱いのが、拓海くんの精液が子宮に……はぁン、すっごい、イッちゃうわ。おばさんも拓海くんのミルクで、いッく〜〜〜ンッ！」

一拍遅れたタイミングで美也子も身体を激しく痙攣させはじめた。ペニスを翻弄する膣襞が一瞬、弛緩したもののすぐに貪欲な動きを再開する。そうしたなか、友母の上半身がゆっくりとこちらに倒れこんできた。拓海は豊乳から両手を離し美也子の背中に回すと、悩ましい熟れ肌をしっかりと抱き留めた。

「くッ、出る。僕、まだ……おばさんのエッチなオマ×コに吸い出されちゃう」

柔らかな女体の感触に陶然となる。その一方ドビュッ、ズビュッ……とつづく射精によって、生命力そのものが流れ出したかのような感覚も味わうのであった。

「あぁん、いっぱい、出たわね。拓海くんのミルクでおばさんのお腹、ポカポカしちゃってるわ」

息子の同級生に優しく抱き留められながら、美也子は額同士をくっつけ鼻の頭を接触させた状態で熱い吐息混じりの言葉を紡いだ。快感を欲する欲望に突き動かされ貪欲な腰振りを見舞ったこともあり、自身も久々の絶頂を味わうことができていた。

(本当に中出しさせちゃったんだわ。セックスだけでも許されないことなのに、直接膣奥に……それもすっごい量を……)

子宮を襲った迸りの勢い。断続的に何度もつづいた射精。胎内を満たし駆け巡った欲望のエキスの熱量。そのすべてが歴代一ではないかと思われる激しさであった。それだけに膣内射精を認めた背徳感がいっそう罪深くも感じられる。

(でも、あんなに激しく腰を振っちゃったら、幻滅(げんめつ)されちゃったかもしれないわね)

優しく導き、素敵な初体験にしてやるつもりであったが、膣内に感じる男根のたくましさに我を忘れてしまったのだ。

「あぁ、おばさん、すごかったです。すっごく気持ちよくていっぱい出ちゃいました。まさか、おばさんがあんなにエッチだったなんて」

「幻滅したでしょう」

「そんなことは全然ないです。僕で気持ちよくなってもらえたんだって思うと、逆に嬉しかったくらいです。でも、本当は僕がいっぱい動いておばさんのこと、気持ちよくしたかったんですけど……」

「あんッ、拓海くんったら」

美也子の自嘲(じちょう)気味なセリフに少年は首を振り、それまでと変わらぬ憧憬混じりの眼差しで見つめてきた。その一途さが熟女の母性を揺さぶってくる。同時に受け入れられたことを喜ぶように肉洞全体がキュンッと震え、熟襞がいまだ半勃ち状態で膣内に残る淫茎に甘えるように絡みついていく。

「うわッ、おばさんのヒダヒダがまた……あぁ、ダメです、僕、また……」

「はンッ、すごいわ、二度も出したあとなのに、もう……」

切なそうに眉を寄せた拓海の腰がビクッと震えると同時に、肉洞内のペニスが再び完全勃起を取り戻した。優しく絡みついていた柔襞が圧しやられる感覚が襲い、美也子の背筋にもさざなみが駆けあがった。

「おばさん、もう一回、いいですか」

「うふっ、いいわよ。待ってね、またおばさんが……」

(こんな立てつづけにするのなんて二十代の頃以来じゃないかしら。まあ、三十代の前半にはもうエッチなくなっていたけど)

男子高校生の旺盛さに気圧（けお）されるものを感じると同時に、夫婦の営みがあったのは結婚後、最初の数年のみであった現実を改めて意識していた。それもあって美也子はオンナとして求められる悦びを、相手が息子の友人であっても感じていた。そのため倦怠感の残る腰に活を入れ、ゆっくりと上半身を起こしあげると再び騎乗位となった。

「ありがとうございます。でも今度は僕がおばさんを気持ちよくさせたいです。だから……」

　恍惚顔を晒す少年はそう言うと上半身を起こしてきた。

「あんッ、拓海くん」

　いきなり対面座位へと変わったことに美也子は甘いうめきをあげると、拓海の首に両手を回し抱きついた。砲弾状の熟乳がグニュッと少年の胸板でひしゃげていく。その際、球状に硬化していた乳首も押し潰され、その刺激で腰がぶるっと震えてしまった。キュンッと肉洞全体もわななき、たくましい強張りを締めつけていく。

「すごい、おばさんの膣中、いまキュンってして締めつけが強くなった。はぁ、ウネウネがエッチに絡んできてる。ほんとにおばさんは素敵です」

　陶然とした眼差しで見つめてきた拓海が下から腰を小さく突きあげつつ、右手を熟女の左乳房に這わせてきた。若い頃に比べれば重力に引かれ気味にはなっているが、それでもまだ張りを失ったわけではない豊乳を捏ねるように揉みあげてくる。さらには親指と人差し指で球状に硬化した乳首を摘まみ、紙縒りをよるようにしてきた。刹那、敏感な突起からの愉悦が脳天に突き抜けていく。

「あんッ、拓海くん……うふっ、本当に私の胸、気に入ってくれているのね」

「はい、おばさんのオッパイ、大きくって、柔らかくって、温かくって、本当にもう最高で大好きです」

　愉悦に顔を蕩けさせた少年はそう言うと、左手で美也子の右肩を掴んでくる。そして右手で左の膨らみを揉みあげつつ、前方に体重をかけてきた。自然と押し倒される形となり拓海の首に回した両手にギュッと力がこもった。

「あぁん、拓海くん」

「うわっ、また、おばさんのここ、締まりが……はぁ、僕が……今度は僕がいっぱい動いて、おばさんのことを絶対に気持ちよくしてみせますから」

「うふっ、期待しているわ。拓海くんのこの硬いので、おばさんのことをいっぱい感じさせてね」

（あぁん、こんなまっすぐに見つめられたら私、いけないことなのに身体が悦んじゃってる。これ以上の深みに嵌まるのは絶対にダメなのに……）

　息子の友人に潤んだ瞳でまっすぐ見つめられると、そのひたむきさに心が揺さぶられていた。けっして許されない関係。それをわかっていながらも、美也子の身体は拓海の想いをすべて受け止めたい気持ちが強まっていく。腰が妖しく左右に揺れ、たくましい強張りを離すまいと自然と膣圧が高まってしまう。

「はい、絶対に僕がおばさんを満足させます」

決意を新たにした少年の腰が上下に振られはじめた。先ほど放たれた精液が攪拌されるグチュッ、ズチュッという淫音が瞬く間に起こり、漲る肉槍で熟襞がこすりあげられていく。

「はぁン、いいわ、上手よ、拓海くん。そのままもっと、もっとおばさんを感じさせてちょうだい」

オンナの悦びを思い出させてくれた拓海を悩ましく細めた瞳で見つめた美也子は、両脚を跳ねあげむっちりとした太腿で少年の腰をガッチリと挟みこんだ。

「うわッ、お、おばさん……」

「来て。おばさんの身体、拓海くんの好きにしていいから、だから、そのまま……」

(許されないってわかっているのに、あそこが、女としての本能がこの子に愛されたがってる)

驚く拓海に凄艶な微笑みを送り、美也子は頭の片隅で背徳性交に溺れかけている自覚を持ちつつも、絶頂を求めて少年の突きこみに合わせ腰を妖しくくねらせていくのであった。

第四章　禁忌のナマ絶頂交姦

1

爽やかで気持ちのいい朝であった。

見あげれば雲ひとつない青空が広がり、太陽の眩しさに思わず目を細めてしまう。

だが、空気が乾燥しているためカラッとしてすごしやすくもあった。

「今日も暑くなりそうね」

「そうですね。でも、東京みたいなジメジメ感がないのでだいぶ楽です。こんないい天気ですし、今日中に終わるといいですね」

二つ目の蔵の前で大きくノビをしていると美也子が声をかけてきた。昨夜のことがあるだけに少し頬が赤らむのを意識しつつ、拓海はなるべく平静を装って答えた。

土曜日の午前九時すぎ、この日からはもう一つの蔵の整理と掃除に取りかかる。最初の蔵に比べ荷物は少ないと聞いているため、一日で終わることを期待していた。

しかし、この日は友母の両親が市の主催する一泊のバス旅行に行って留守であった。そのため人手が減ってしまうのだが、仕事が休みである市役所勤務の美也子の弟聡史が参加してくれるためそこまで困ることはなさそうだ。

「聡史、あなたはいままでなにもしてないんだからしっかり働きなさいよ」

「姉ちゃんに言われなくてもちゃんとヤルよ。それに仕方ないだろう、平日は仕事だったんだから。拓海くん、キミのほうが慣れているだろうから、指図してくれよ」

「そんな……僕のほうこそご迷惑にならないようお手伝いさせていただきますので、よろしくお願いいします」

姉に苦笑混じりの返答をした聡史が気さくに声をかけてきてくれた。それに対して拓海は少し恐縮しながら頭をさげた。

「もっと気楽に、親戚のおじさんだと思って接してよ。智咲音ちゃんもよろしくね」

「お義兄さんには拓海くんといっしょに重たい荷物を担当してもらいますから、覚悟してくださいね。拓海くんも今日もよろしく」

「よろしくお願いします」

「そういえば美也子さん、今日はなんだか肌艶よくないですか？」

拓海が美人女子大生にペコリと頭をさげた直後、智咲音が友母に向かってドキッとする言葉を発した。

「そ、そう？　昨日までと変わらないと思うんだけど……もしかしてこの数日、蔵の整理で身体を動かしているから、代謝があがっているのかもしれないわね」

一瞬、戸惑ったような表情を浮かべこちらに視線を向けてきた美也子だが、すぐにそれらしき理由を口にした。

「あぁ、確かに毎日のように荷物を持って階段をのぼりおりしてけっこう汗、かきましたからね。まあ、今日もこれからそうなるんですけど」

いちおう納得した様子の智咲音がチラリと意味ありげな視線を向けてきた。

（ま、まさか智咲音さん、昨日のおばさんとのエッチ、気づいたんじゃ……）

なにせ蔵整理初日の夜にあった友母との淫戯を知られていたことが、初体験をさせてもらうきっかけになったのだ。そのため、完全にないとは言い切れなかった。

（どうしよう、なにか反応したほうがいいのかな？）

「お待たせしました、鍵、取り替えてきました」

拓海がどう反応したものか途方に暮れていると、タイミングよく聡史の妻である紗耶香が母屋のほうから小走りでやってきた。

「ごめんなさいね、紗耶香さん。私がちゃんと確認して持ってくるべきだったのに」

「いいえ、全然。確かにこれ、二つ並んでいたらお義父さんじゃないとドッチがどっちかわからないですよ」

美也子が両手を合わせて詫びを入れていた。というのも、友母が作業の終わった蔵の鍵を間違えて持ってきてしまったため、母屋に戻る用事のあった紗耶香がついでに鍵を交換してきてくれたのだ。

(よかった、これで完全にさっきの話題は流せたよな)

ホッと胸を撫でおろしつつ女子大生のほうを窺う。すると、視線に気づいたのかこちらに顔を向けた智咲音が人目を惹く美貌に蠱惑の微笑みを送ってきた。その悩ましさに少しドギマギし、慌てて視線をそらせた。

(ヤバいな、完全に智咲音さんにバレていると考えたほうがいいかも)

拓海が小さく溜息をついた直後、義妹から正しい鍵を受け取った熟女が漆喰の塗り籠め戸の鍵を外した。そして扉を開け、中の板戸の鍵も解放、そして最後に格子戸を開く。入ってすぐの壁際のスイッチを入れ明かりを点けると、一つ目の蔵と同じような収納物が目に飛びこんできた。やはりこちらのほうが量は少なそうだ。

「早速はじめましょうか。いつもどおり怪我には気をつけて、慎重に行きましょう」

中の様子を見た美也子が頷きながら、この日の作業開始を告げたのであった。

2

「ねえ、智咲音ちゃんに昨日のこと、知られていると思う？」

「可能性は高いのではないかと……」

午後十一時すぎ、友母の使っている部屋を訪れた拓海はいきなりの問いかけに頷き返した。部屋の大きさは拓海が使っている部屋と同じだろう。ただこちらの部屋には五段の木製チェストが置かれており、もしかしたら美也子が実家に戻った際にいつも使っている部屋なのかもしれない。

（朝、あんなこと言われたら、さすがに気にするよな。だからこそ僕が使わせてもらっている部屋ではなく、こっちのおばさんが使っている部屋に呼ばれたんだろうし）

一時間ほど前に部屋に戻ってしばらくすると美也子からメッセージアプリで連絡があり、『一時間後におばさんの使っている部屋に来て』と指示されたのだ。それは熟女が拓海との関係を女子大生に知られている危惧を持っている証にも思えた。

（それにしても智咲音さんはどういうつもりであんなことを……）

なにも知らない聡史は言葉どおりの意味で取ったであろうが、智咲音の言葉に他意がなかったとは思わない。なにより拓海に向けてきた意味深な視線と蠱惑の微笑みは「知っているわよ」と言っているに等しいように感じられる。

「隣の部屋だし、声、聞かれちゃったのかもしれないわね」

「スミマセン。僕が大きい声、出しちゃったから」

美也子の言うように愉悦の喘ぎを聞かれていた可能性が一番高いだろう。だとすれば、憧れの友母とエッチができる喜びに舞いあがってしまった自分の責任だ。

「そんな拓海くんのせいではないわ。おばさんも気持ちよくってエッチな声、いっぱい出ちゃってたし……」

恥じらいの表情を浮かべつつ返してきた熟女の姿にドキッとさせられてしまった。そんな状況ではないにもかかわらず、パジャマズボンの下で淫茎がピクッと震え鎌首をもたげそうになる。

（バカ、いまはそんな場合じゃないんだぞ。智咲音さんにおばさんとのエッチが知られていたとしてどう対処するかを考えなきゃいけないんだから）

すでに智咲音は熟女と高校生が性的接触を持っていることを知っている。それがきっかけで木曜日に初体験ができたのだ。そのこと自体は拓海にとっては結果オーライでもあった。だが今回の問題は女子大生が美也子にもそれを匂わせたことだ。いったいどんな意図があったのかが理解できないだけに不安が増していく。そんなときに勃起してしまうなど言語道断であった。

(でも、昨日のおばさんとのエッチ、ほんとに気持ちよかったし、目の前でこんな顔されたら……)

「あんッ、拓海くんったら、もしかして大きくしちゃってるの?」

勃起させたことの言い訳を内心呟いていると、友母が少し困ったような声で尋ねてきた。その瞬間、ハッとして慌てて両手で股間を覆い隠した。

「ごめんなさい。こんなこと考えちゃいけないときなのに……」

「うふっ、いいのよ、別に。まだ智咲音ちゃんに本当にバレてしまっているかはわからないんだし。それに、今日も作業、頑張ってくれたものね。ご褒美、あげないと」

「いや、そんな……今日はそんなに荷物、多くなかったですし、弟さん、聡史さんが重たい物を運ぶの手伝ってくれたのでだいぶ楽でした。でも、今日中に終わるかと思いましたけど、さすがにそうはいきませんでしたね」

優しく微笑んでくれた美也子に拓海はさらに恥ずかしさを募らせながら返した。当初は一日で作業完了となるかと思われたのだがさすがにそう簡単にはいかず、蔵の二階部分全部と一階の一部を片付けたところでこの日は終了となっていたのだ。

「まあ、それは仕方ないわ。今日中に無理して終わらせる必要もなかったんだし、明日ゆっくりと最後の片付けをしましょう」

「そうですね」

「さあ、蔵整理のお話はこれでおしまい。拓海くんのそれ、楽にしてあげないといけないわね」

気分を変えるように一度小さく手を叩いた熟女はそう言うと、なんの躊躇いもなくパジャマの上衣を脱ぎ捨ててくれた。砲弾状に実ったたわわな肉房がユッサユッサと重たげに揺れながらその姿をあらわす。

「あぁ、おばさん……」

現金なもので生乳房を目の当たりにすると、一秒でも早くあの蕩ける感触を味わいたいという欲求が脳内を占めた。呼吸が自然と荒くなり、急き立てられるようにパジャマと下着を脱ぎ捨て全裸となる。期待に震えるペニスが天を衝きそそり立つ。

「あんっ、すごいわ。もうそんなに大きくしちゃってたのね。昨日、三回も出してあげたのに、本当にすごいのね」

「す、すみません」

ウットリとした視線を強張りに向けてくる熟女の言葉に、性欲の強さを指摘されたように感じ恥ずかしさがこみあげてくる。

「悪いことではないんだから、謝らないで。若いんだから当然よ。こんなオバサン相手に何度も大きくしてくれて光栄よ。それにおばさん、拓海くんの硬いの、好きよ」

「おっ、おばさん！　僕もおばさんのこと大好きです」

頬をうっすらと赤らめた友母の言葉に拓海の全身に感動が駆け巡った。思わず美也子に近づき、そのままギュッと抱き締めた。豊かな熟乳が胸板で潰れる感触に背筋が震えてしまう。熟女の下腹部に密着した強張りが嬉しそうに胴震いを起こし、鈴口からは先走りが滲み出した。

「あんッ、拓海くん」

いきなり抱き締められいきり立つ強張りを押しつけられた美也子は、その硬さと熱さに腰を震わせてしまった。

（智咲音ちゃんに拓海くんとのことバレたかもしれないのに、私……拓海くんを自分の部屋に呼んでまで……これ、私のほうが嵌まっちゃってるんじゃ……）

この日の蔵整理をはじめる前に智咲音が口にした言葉がやはり引っかかっていた。あれ以降は別になにも言われていないのだが、息子の友人と肉体関係を持つという禁忌を犯しているだけにどうしても気になってしまう。

本来なら、女子大生に関係がバレた可能性があることを理由に接触を断つべきなのだ。にもかかわらず、少年を自分が使っている部屋に呼んでまで性的奉仕をしてやろうとしている行動が、拓海との関係に溺れている証拠のように思える。

（でも、こんな硬いので満たされちゃったら……）

十年近い空閨を満たしてくれた肉槍。四十路をすぎてもまだオンナであることを思い出させてくれたペニス。それがたとえ息子の友人であったとしても、目覚めた熟女の性感が、女の本能が貪欲にそれを求めてしまうのであった。

「おばさん、僕、今日もおばさんの膣中に挿れたいです」

「そんな、ダメよ。あれは昨日だけの特別」

セックスを求める拓海の言葉に性感を激しく揺さぶられながらも、美也子は形ばかりの拒絶を口にした。だが、肉体は正直な反応を見せ、求められる悦びに子宮がわななき膣襞は蠕動を開始、薄布のクロッチに淫蜜を滴らせていく。

（ヤダわ、早く脱がないとパンティに染みができちゃう。でも、それって今夜も拓海くんを受け入れるってことよね。本当に私、二日連続で洋介の友だちと……）

二日連続の性交は新婚のとき以来のご無沙汰であった。つまりは十七、八年も前の出来事だ。それを四十路になって夫以外の男性、それも息子の友人相手に行おうとしている背徳感に熟女の背筋が震えた。

「我が儘だってわかっています。でも、こっちにいる間だけは……東京に戻ったらこんなふうに会えなくなっちゃうと思うので、だから……一生の思い出をください」

背中に回された両手にさらに力がこもったのがわかる。押し潰された乳肉越しに少年の鼓動が伝わってくるようだ。想いを伝えるように下腹部に密着する強張りも小さく胴震いを起こし、熟女の性感に訴えかけてくる。

（そうよね、月曜日には東京に戻るわけだしこの子とエッチができるのは今日明日しか……あんッ、私、拓海くんとまたエッチする気満々になってる。でも、向こうに戻ったら確かにこの子とエッチする機会なんてそうそう作れるものじゃ……私自身、次のセックスがいつになるかなんて未知数もいいところだし……もしかしたらもう一生ないかも。だったら、最後に少しくらい羽目を外しても……あぁ、ごめんなさい、洋介。お母さん、本当に悪いお母さんになっちゃってるわね）

より強く抱き締められながら囁かれた言葉に関係の終わりを見た美也子は、胸の内で何度目かもわからなくなっている謝罪を息子に告げていた。もちろん、関係清算が正しいことはわかっている。拓海と、未成年の男の子と人妻の不倫などとうてい許されることではない。関係が解消されるのであれば、それに越したことはないはずであった。しかし、心のどこかでそれを拒否したい気持ちも存在していたのだ。

「もう、しょうのない子ね。わかったわ。おばさんのこの身体が本当にご褒美になるのなら、今夜も膣中にいいわよ」

言った瞬間、ズンッと鈍痛が子宮を襲い決断を喜ぶように肉洞全体が歓喜の舞を踊りはじめた。ジュッと湧き出した淫蜜が股布に確実な濡れジミを作ってしまう。

(本当に私の身体、完全にエッチの気持ちよさ、思い出しちゃってるわ。これ、東京に戻ってからがツラいかも……だったら、しばらくはもういいと思えるくらいに満たしておくしかないわね)

いまさら夫に抱かれたいとは思えないだけに、目覚めた淫欲の持って行き場に苦労しそうだ。それだけに、いまこの瞬間、妻であることはもちろん母であることも忘れ一人の女として楽しもうという気持ちが強まってきた。

「あぁ、おばさん、ありがとうございます。我が儘言って、ほんとにスミマセン」

喜びの声をあげた少年がさらにひときわ力強く抱き締め、ようやく抱擁をといた。改めて見つめ合うと、拓海の顔はすでに上気し、目元が若干潤んでいるようにも見える。たくましいオトコの機能とまだ少し幼さを残したような面立ち、そのギャップが熟女の母性と淫性をいやでもくすぐってきた。

「いいのよ。だって、おばさんの実家の蔵整理、毎日、汗をかきながら頑張ってくれているんだもの。おばさんにできるお礼はさせてもらうわ。昨日と同じように、まずは一度出しておいたほうがいいかしらね」

美也子はそう言うとすっとその場にしゃがみこんだ。疼く秘唇は一刻も早い快感を求めていたが、いま下着を脱げばなにもしていない段階で淫裂を濡らしている事実を知られてしまうことになる。すでにすべてを許している相手とはいえ、息子の友人にそれを知られるのはやはり少し恥ずかしかった。そのため、まずは手か口で奉仕をすることで女陰を潤ませている後付け理由にしようとしていた。

「おばさん、あの、お願いが……できれば、おッ、オッパイでしてもらえませんか」

「えっ？　オッパイ？　もしかして挟んでほしいの？」

裏筋を見せつけそそり立つペニスのたくましさにウットリとしつつ右手を肉竿にのばそうとしていた美也子は、少し上ずった拓海の声でいったん手を引っこめた。視線を硬直から顔に向けると耳まで赤くした少年がコクンッと頷き返してきた。

「いいわよ。おばさんのオッパイで拓海くんの硬いの、気持ちよくしてあげる」

緊張か、拒否されることへの恐怖か、拓海の表情は少し強張っているようにも見えた。そんなところも可愛く思え、頬が自然と緩んでしまうなか、美也子は改めて右手で肉竿の中央付近を優しく握りこんだ。

「うはッ、あぁ、おばさん……」

「あんッ、本当に硬いわ。それにとっても熱い。待ってね、すぐにオッパイで挟んであげるから」

肉槍の驚くほどの熱さと硬さに、腰がゾクッとしてしまう。口から甘い吐息を漏らしつつ美也子は握った強張りを深い乳房の谷間に導くと、ぽふっと柔乳でサンドイッチしてやった。

「すっ、すっごい。ほ、ほんとに僕のがおばさんの大きなオッパイに挟まれてる。あぁ、柔らかいオッパイで包まれていると、なんかチ×チンが蕩けちゃいそうなほど気持ちいいです」

感動に打ち震える少年。ペニスが同意を示すように跳ねあがり、さらに硬度を高めたのがわかる。

「そんな大袈裟な……でも、喜んでもらえておばさんも嬉しいわ。さあ、もっと気持ちよくしてあげる。熱いミルク、おばさんのオッパイにかけちゃっていいからね」

（まさか挟んであげただけでこんなに喜んでもらえるなんて……あんッ、それにしても本当に拓海くんのオチ×チン、とんでもなく硬くて熱いわ。それにこのエッチな匂いをずっと嗅いでいたら私のほうもたまらない気持ちになっちゃう）

　素直な反応にいっそう頬が緩むのを感じつつ、美也子自身、胸の谷間から立ち昇る若い性臭に鼻腔粘膜をくすぐられ、鼻の奥ばかりか腰もムズムズとしてきていた。切なそうに自然とヒップが左右に揺れ動いてしまう。

　両手を肉房の外側に這わせギュッとさらに乳圧を高めると、そのまま乳肉を互い違いに揉みあげ谷間のペニスをこすりあげてやった。チュッ、ンチュッと漏れ出した先走りと乳肌がこすれ小さな摩擦音を立てる。

「す、すっごいよ、これ。おばさんの温かいオッパイでこすられると僕ほんと、すぐに……はぁ、いい、いい……」

「いいのよ、出して。我慢しないで、白いのいっぱい出してちょうだい。本番はこのあと、なんでしょう？」

（あんッ、私、すっごくエッチな気分になってる。身体がセックスを求めて、期待し

て、あそこのジンジン具合が大きくなってきてる）

息子と同い年の男の子の屹立を豊乳に挟みこみしごきあげる四十路熟女。自身の淫態を意識すると背徳感が急速に高まってくる。拓海の興奮も確実に高まっているのだろう、鼻腔を衝く牡臭も徐々に濃くなっていた。さらには自ら乳房を揺さぶるように上下させると乳首が少年の陰毛とこすれ合い、そのむず痒さが愉悦となって快楽中枢を揺さぶってきた。その結果、膣襞が刺激を欲してざわめき、大量の淫蜜をクロッチに向かって圧し出していく。

「ほ、本番……おばさんとのエッチ、また、おばさんとセックス……ゴクッ」

「あんッ、すごい。拓海くんのがオッパイの中でさらに大きく……はぁン、こんな硬くて熱いのでオッパイこすってたらお乳が溶けちゃいそうだわ」

熟女の言葉に反応し生唾を飲んだ拓海の強張りが、谷間内でビクンッと大きな胴震いを起こした。

「そんなこと言われたら僕、本当に出ちゃいます。もう、ほ、ほんとに……」

愉悦に顔をゆがめた少年の両手が美也子の両肩をギュッと摑んできた。思いのほか強い力に顔をしかめてしまう。だが、それを口にして興を削ぐわけにはいかない。なにせ美也子自身が求めている本番がこのあとにあるのだ。そのため、両手で双乳を激しく揺さぶるようにしてペニスへの刺激を強めていった。

「出して。おばさんのオッパイを拓海くんの精液でベチョベチョにして」

「おぉぉ、おばさん……」

乳肌に感じる強張りに小刻みな痙攣が断続的に襲いはじめていた。射精の瞬間はもうすぐそこまできている。

(本当にもう出るのね。あの濃厚なドロッとした精液と、頭がクラクラしちゃう刺激的な匂いがもうすぐ……)

激しく脳を揺さぶる濃厚な白濁液の香りを思い出し、熟女の秘唇が切なそうに疼く。が、その直後に予想外の事態が起こった。美也子の使っている部屋のドアがコンコンッとノックされたのだ。

3

ビクッと全身を震わせ、思わず拓海と顔を見合わせてしまう。少年の顔にはありありと困惑が浮かんでいるのがわかる。きっと自分も同じ表情をしているのだろう。美也子がそう感じたときには、こちらの返事を待たずに扉が開かれていた。

（あぁ、やはり気づかれていたのね。朝のあの言葉は私の反応を確かめていたってことね。上手く誤魔化したつもりでいたけど、やっぱり無理があったんだわ）

両親が一泊旅行に行っている現在、この家にいるのは美也子と拓海を除けばあと一人、義妹である紗耶香の実妹の智咲音だけであった。その女子大生が姿を見せたことに思わず天を仰いでしまった。

「ち、智咲音、さん……」

拓海の震えた声に美也子も現実へと引き戻された。射精寸前であったペニスが見る影もなくしぼみ、深い谷間に力なく包まれているのがわかる。上目遣いに少年を見ると、その顔は完全に強張っていた。

「ち、智咲音ちゃん、こ、これはね、その……」

自分がなんとかしてやらなければ、母心にも似た心境が口を開かせたものの、自身も当事者であり上手い言い訳などすぐに思いつくものではない。

「お取りこみ中にお邪魔してスミマセン。拓海くんもごめんね。せっかく大好きな美也子さんの大きなオッパイでしてもらっているときに」

「あっ、い、いえ……」

驚いた様子もなくふだんと変わらぬ声音で話しかけてきた智咲音に、困惑の色を浮かべた拓海が一歩後ろにさがり淫茎を胸の谷間から抜くと恥ずかしそうに両手で股間を隠した。

「驚いていないってことはやはり気づいていたのね、私と拓海くんのこと。やっぱり昨夜の声、隣の部屋に漏れていたのね」

すべてを察しているらしい女子大生に言い訳は通用しない。そう理解した美也子はひとつ息をつくと確かめるように尋ねた。

「いいえ、その前、水曜日の夜に美也子さんが拓海くんの部屋を訪ねたことも知っているんです。そのときにエッチな声が聞こえてきていたので」

「あぁ、なんてこと……まさか、あの日からなんて……」

智咲音の種明かしに美也子は軽いめまいを覚えてしまった。パジャマの上を着て双乳を隠すべきなのだろうが、その気力すら奪われた感じがしてしまう。

「スミマセン、僕のせいです。おばさんは別にエッチな声、出してなかったし……僕が我慢できなくて……」

「そんなことないわ。水曜日は聞かれなかったとしても昨日は……だから朝、蔵の前で急にあんなこと言ってきたのね」

「はい。昨夜は美也子さんの喘ぎ声も届いていましたから」

申し訳なさそうに頭をさげる拓海に首を振り、改めて女子大生に向き合うとあっさりと肯定が返された。

「そ、それで、智咲音さんの要求はなんですか？　どうすれば、このことを黙っていてもらえますか」

覚悟を決めた表情で拓海が声を上ずらせ女子大生に問いかけた。現場に直接踏みこんできたということは、智咲音にはなにかしらの思惑があるということだ。高校生の男の子にもそれは察することができたらしい。

「そんな不安そうな顔しないで。ただ私も仲間に入れてほしいだけなんだから」

「仲間にって……えっ⁉　それって、あの、三人でエッチするってことですか？」

「智咲音ちゃん、あなた、なにを考えてるの」

まったく予想していなかった答えに拓海が驚きの声をあげていた。それは美也子にしても同じ思いであり、真意を探る目を美人女子大生へと向けた。

「拓海くんには木曜日にちょっと話したんですけど、私、一月チョイ前に彼氏の裏切り、二股されていたんです、で別れていて……エッチのほうはまったく……そんなときに隣の部屋からエッチの声が聞こえてきて、その、恥ずかしいんですけど、疼いちゃったっていうか……だから、後腐れなく満たされたいなあなんて……」

少しはにかむような表情をしながらも、言っていることはことのほか大胆な智咲音に返す言葉が浮かんでこなかった。しかし、選択の余地がないこともわかっている。仲間に入れて共犯関係を築くことがもっとも安全なことだ。それでも逡巡はあった。

(複数人とのエッチなんて、経験ないわ。それに、その相手が智咲音ちゃん、聡史の奥さんである紗耶香さんの妹だなんて……でも、ヤルしかないのよね)

「でも、あの、智咲音さんはそれでいいんですか。つまり、僕とエッチすることに」

「OKだからここに来たのよ。私はそんな尻軽じゃないわよ。なに？ 拓海はお姉ちゃんが簡単に誰とでもエッチする女だと思ってる？」

「お、思ってません。そんなこと、全然、思ってないです」

「なら、よろしい。ふふっ、知り合って間はないけど、拓海くんは信用できる男の子だなって、もしかして私とはエッチしたくない？ 魅力ない？ 容姿にはそれなりに自信あるんだけど」

「そ、そんなことはないです。すっごく綺麗なお姉さんだと思ってます。だからこそ僕なんかでいいのかなって……」

「いいに決まってるでしょう。一昨日も言ったかもだけど、拓海くんは自己評価低すぎ、もっと自信を持っていいと思うな。綺麗なお姉さんを信じなさい」

「木曜日に帰ってきたときから感じていたけど、ほんとに二人は仲良くなったのね」

拓海の戸惑いに智咲音が優しい眼差しで諭していた。その様子は姉が弟に接しているような自然体であった。

「一昨日は一日いっしょにいましたから、だいぶ打ち解けたかと、ね、拓海」

熟女の問いに頷き返した女子大生はすっと拓海に近づくと、両手で少年の頬を挟みつけなんの躊躇いも見せずにキスをして見せた。

「ちょ、ちょっと智咲音ちゃん」

あまりに突然の行動に美也子は思わず立ちあがっていた。だが同時にある思いも湧きあがり、なんとも落ち着かない気持ちにさせられた。

(そういえば私、拓海くんとキスはしていないわ。身体は許したけど唇は……ということは、拓海くんの初キスは智咲音ちゃんに盗られたってことね。あぁん、この子の初めては全部、私が奪ったと思っていたのに……)

「ち、智咲音、さん……」

「すごいね、拓海くん、キスしただけなのに、そこ、そんなに大きくしちゃって。お姉ちゃんとのキス、気持ちよかった？」

短い口づけが解かれ呆然とした様子の少年に対して、女子大生はたぐいまれな美貌に艶やかな微笑みを浮かべ、その股間へと視線を向けた。つられたように美也子もそちらを見てハッとした。先ほどまで完全に消沈（しょうちん）していた淫茎が復活し、たくましく天を指していたのだ。

（ヤダわ、私ったらこんな状況なのに、またあそこを疼かせてる）

熟女の下腹部にはまたしても鈍痛が襲い、新たな淫蜜が早くも圧し出されていた。拓海との関係を秘匿（ひとく）するために義妹の実妹とも新たな秘密を、他人に言えない関係になろうとしている現実。その背徳感に戸惑いを覚えつつも、美也子は自分の肉体が快楽を欲する淫猥さをはっきりと自覚することができた。

「す、スミマセン。これは……さっき出ちゃう寸前だったから、それで……」

「いいのよ、邪魔しちゃったのは私なんだし。お詫びにちゃんと気持ちよくしてあげるからね。だから、拓海くんも私のこと、満たして」

カッと頬を赤らめ慌てて強張りを覆い隠した拓海の初心さに、智咲音の頬が自然と緩んでいた。

（一昨日の拓海くんとのエッチ、拙かったけど私を気持ちよくしようとする一生懸命さははっきりと伝わってきたし、なにより私も気持ちよかったのよね。だからこんな強引に割りこむような真似を……）

それなりに経験のあった元カレのテクニックには及ぶべくもなかったが、それでも智咲音にも快感を与えようと頑張ってくれた少年。その実直さにほだされてしまっている部分もある。

そして前夜、隣の部屋から聞こえてきた完全にセックスをしているとわかる美也子の喘ぎ声。それを聞いてしまってから、智咲音の秘唇はずっと燻(くすぶ)った状態にあった。朝、肌艶について熟女に話したのは仄(ほの)めかしであると同時に羨ましさの裏返しでもあったのだ。

「あぁ、智咲音さん……」

「まずは美也子さんでいっぱい気持ちよくしてもらって、私はそのあとで……美也子さん、スミマセン、拓海くんを……あっ、すごい。美也子さん、すっごくいやらしい身体、してるんですね」

割りこんだ立場上、やはり美也子に先に気持ちよくなってもらうべきだろう。そう感じた智咲音は視線を熟女に向けた瞬間、ドキッとした。すでに裸の上半身は見ており、とんでもない豊乳をしていることはわかっていた。だが、いま目の前にいる実姉の義姉はパジャマのズボンと下着も取り去っていたのだ。

（胸が大きいのは洋服越しにもわかっていたし、さっきから目の当たりにしていたけど……改めて裸を見るととんでもなくグラマーだわ。四十歳をすぎているとは思えないほど整っているし色っぽい。これは拓海くんが夢中になるのも納得かも）

砲弾状に突き出した柔らかそうな双乳。ウエストの括れはそこまで深くはないがそれでもラインは出ていた。そして下半身。デルタ形の陰毛はこんもりと盛りあがって茂り、ヒップはボリューム満点だ。太腿はムッチリとしているのに足が太いという印象は覚えず、熟した女だけが持つ自然な色気が滲み出していた。

「おっ、おばさん！」

乱入した女子大生に意識が向き、友人の母親からは完全にそれていたのだろう。いつの間にか全裸となっていた美也子の姿に拓海が両目を見開いた。両手が硬直から外れており、天を衝く淫茎が大きく跳ねあがったのがわかる。同時に鈴口からトロッとした粘液が漏れ出している。

「拓海くん、おばさんが先でもいい？」

「も、もちろんです」

「じゃあ、横になって。そうすれば、昨日みたいにおばさんが上から」

「えっ、でも僕、まだおばさんのあそこ舐めたりしてないですけど」

「恥ずかしいけど、もうそんなことが必要ないくらいになっているの。だから……」

やはり智咲音の存在が気になるのだろう。チラリとこちらに目線を向けた熟女が恥じらいの表情を浮かべながら告げていた。

「あぁ、おばさん……」

陶然とした眼差しとなった拓海が、言われたとおり布団にあおむけとなった。急角度でそそり立つペニスが亀頭先端を少年の顎先に向けている。そのたくましさに女子大生の腰がゾワッと震え、秘唇がキュンッとわなないた。

(拓海くんのほんとに立派だわ。一昨日はあれで私、イカされちゃったのよね)

童貞であった高校生に絶頂に導かれた感覚がよみがえり、子宮に鈍痛が襲った。同時に分泌された愛液がパンティに滴り落ちていくのがわかる。その間に美也子が少年の腰を跨ぎ、豊臀をゆっくりと落としていく。

「お願い、智咲音ちゃん、あまり見ないで。まさかあなたの前でこんなことするなんて……あなたをこんなことに巻きこんで紗耶香さんにも申し訳ないわ」

「私が勝手に巻きこまれに来たんです。姉は関係ありません。それと、スミマセン、私、他人のエッチって見たことないので、見るなと言われても気になって……」

艶めきと困惑が同居した複雑な表情の熟女が腰を落としつつ、再び視線をこちらに向けてきた。それに対して智咲音は申し訳なさを覚えつつも、目の前で展開される背徳性交から目が離せなかった。

「そんなの誰だってそうでしょう。エッチなんて他人に見せるものじゃないんだし」

「あ、あの、ナマでするんですか？　ゴムとかは？」

なんの躊躇いもなくナマで交わろうとしている美也子に素直な疑問を投げかけた。

「用意がないのよ。拓海くんと、息子の友だちとこんな関係になるなんて想像もしてなかったから。まあ、いまは時期的に安全だと思うからこのまま。智咲音ちゃんは持っているの？」

「あっ、いえ、私も……」

「あ、あの、僕、ひとつだけ持ってます。ごめんなさい、おばさん、昨日、黙ってて」

熟女に強張りを握られ陶然とした表情をしていた拓海が、言いづらそうに口を挟んできた。その瞬間、チラッとこちらに視線を向けたのがわかる。

（一昨日、ラブホテルにあったやつね。黙っていればいいのに、素直というかなんというか……まあ、こういうスレてないところが可愛いんだけど）

拓海の持っているコンドームの出所を知っている智咲音としては、バカ正直に答えた少年に苦笑が浮かんでしまった。

「まあ、そうだったの。誰に使うつもりでそんなものを持ち歩いてるの」

「いや、誰にって別にそんな予定は……ただ、お守り代わりに財布にでも入れておけって、その……知り合いの人に渡されて……」

困ったような顔でそう言うと、拓海が再び智咲音に視線を向けてきた。

「じゃあ、それはそのままお守りで持っていればいいわよ。私もいまはナマでも大丈夫だから」

とりあえず誤魔化した拓海に智咲音は艶然と微笑みかけた。

「ち、智咲音さんとも、な、ナマで……ゴクッ」

「あんッ、すっごい。拓海くんの一段と硬く、大きくなったみたいよ。智咲音ちゃんとエッチすることを想像していっそう興奮しちゃったのね」

「くはッ、あっ、あぁ、おばさん……そんなこすられたら僕……さっきほんとに出そうになってたから、その刺激だけですぐに……」

挿入しやすいよう垂直に起こした強張りをユルユルと右手でこする美也子に、拓海が愉悦に顔をゆがめ射精感を訴えている。

(そう、この顔よ。拓海くんのこの切なそうな顔を見ているともっとよくしてあげたくなって、あそこもいっそうキュンキュンしちゃうのよ。あぁ、私の膣中にもあとであれがまたナマで……）

一昨日、少年相手に初めて行ったナマ性交。若襞に直接感じた強張りのたくましさを思い出し、下腹部の疼きがいっそう強まるのを感じた。秘唇ばかりか乳房にも張りを覚え、パジャマ代わりのロングTシャツの下、ナイトブラに包まれた双乳がさらに発育したかのような盛りあがりを感じる。

「ダメよ、まだ、もう少しの我慢。そうすればすぐにおばさんの膣中で……あんッ」

「ンはっ、さ、触ってる、僕の先っぽがまたおばさんのあそこと……濡れてテカテカしているエッチなオマ×コと……」

「もう、拓海くんったらまたそんなエッチな言葉を使って、ほんといけない子なんだから。はぁン、いい、イクわよ」

少年が発した卑猥な四文字言葉に頬をさらに赤らめた熟女が、艶めかしく潤んだ瞳で拓海を見つめつつ双臀を完全に落としこんだ。ンジュッと粘つく淫音をともなってたくましい肉槍が卑猥な肉洞に呑みこまれていく。

「ンはぁ……はっ、挿った……また僕のがおばさんのオマ×コに……あぁ、すっごいよ、ウネウネが優しく絡んでくるぅ」

「あぅん、うンッ……はぁ、来てる、拓海くんの硬いのがまた……」

拓海と美也子、二人の口から同時に悦楽の声が漏れていた。さらに少年は両手を熟女の豊乳にのばし、手のひらからこぼれ落ちる柔肉を揉みはじめてもいた。

「す、すごい……本当に美也子さんと拓海くんが……」

目の前で展開されたセックス。初めて目にする他人の淫戯に智咲音の息があがっていく。子宮にさらなる疼痛が襲い、刺激を求めた膣襞の蠢きによって大量の淫蜜が股布に向かって滲み出していた。

(まさか他人のエッチを見てこんなに興奮するなんて……ダメ、身体の疼きが我慢できないくらいになってる)

美也子がゆっくりと腰を上下に振りはじめた。すぐさま卑猥な摩擦音が奏でられ生々しい営みが展開されていく。その痴態に性感をくすぐられた智咲音はロングTシャツの裾を掴み、一気にそれを脱ぎ捨てた。これで女子大生は黒のナイトブラと、装飾(そうしょく)のほとんどないシンプルなワインレッドのパンティのみの姿となった。

「あっ！　智咲音、さん……」

「あんッ、すっごい。拓海くんの私の膣中でまた大きく……うふっ、やっぱり智咲音ちゃん、スタイルいいわね」

「そ、そんな見られるとさすがに恥ずかしいです。それに、スタイルのよさは美也子さんのほうが……」

二人の視線を感じ、智咲音の腰がぶるっと震えた。プロポーションにはそれなりに自信を持ってはいるものの、途轍もなくグラマラスな肢体の熟女に言われると気後れのようなものを感じてしまう。

「そんなことないわ。中年の私と違って肌もピチピチして引き締まってるし、羨ましいくらいよ。あぁん、智咲音ちゃんの下着姿に拓海くんのがさっきからピクピクしてる。本当に出ちゃいそうなのね」

「はい、でも、まだ……もっと我慢できます。できるだけ長く、おばさんの気持ちい膣中にいたいです。はぁ、智咲音さんは夜もブラジャー、してるんですね」

「ナイトブラっていうのよ。オッパイの形が崩れないように寝るときに着けるブラジャーね。あぁん、私の胸、美也子さんほど大きくないからそんな見つめないで。拓海くんは大好きな美也子さんの大きなオッパイ、モミモミしてなさい」

ウットリとした眼差しを向けてくる少年にそう言うと、智咲音はナイトブラの前面に着いていたホックを外し、スポーツブラと同じ要領で頭から抜き取った。ぶるんっと大きく揺れながら円錐形の美巨乳があらわとなる。

「あぁ、智咲音さんのオッパイ、綺麗だ……」

「あンッ、嘘でしょう、まだ大きくなるの⁉　あぁん、いいわ、こっちはちゃんとおばさんが満たしてあげるから、拓海くんは智咲音ちゃんの裸、見ていなさい」

女子大生がナイトブラを外し美しい形をした乳房が姿を見せた瞬間、肉洞内のペニスが大きく跳ねあがった。絡みつく膣襞を圧しやるように膨張した肉竿。その圧倒的な存在感に美也子の性感がいっそうの刺激を受ける。

（これ、昨日より確実に大きくなってる。智咲音ちゃんの裸を見てさらに……この異常は状況に拓海くんも興奮しているのね）

突然、女子大生が乱入してきたときはどうなるかと思ったが、まさかこのような展開になろうとは想像もしていなかった。だが、それが久々に目覚めた熟女のオンナをより刺激する結果となっていた。十年の空白を埋めたがるように性感が煽られ、自分でも知らなかった性に対する積極性、奔放さがあらわれてきていたのだ。

息子の友人の両手で熟乳を揉まれながら、美也子は腰の動きを本格化させた。グチュッ、ズチュッと卑猥な摩擦音をともないいきり立つ強張りが膣内を往復していく。すると張り出した亀頭で膣襞がこすられ痺れるような快感が脳天に突き抜けた。

「くはッ、あぁ、お、おばさん、ダメ、そんな激しく腰動かされたら僕、ほんとに我慢できなくなっちゃう」

「あぁん、いいのよ、我慢なんてしないで。このまま膣中に、おばさんの膣奥に拓海くんの熱いミルク、昨日みたいにいっぱい注ぎこんでちょうだい」

女子大生から再びこちらに視線を向けてきた拓海。愉悦に蕩けた眼差しで見つめられると、少年を自分の身体が、四十路をすぎた肉体が満足させているのだという気持ちが強まり、それだけで心が満たされていく感覚があった。それが腰の動きをさらに加速させていく。

「す、すごい……美也子さんがこんないやらしかったなんて……拓海くんの、それだけいいってことですよね。美也子さんを、大人の女性をそんなにするくらい」

「あぁン、こんなオバサンのはしたない姿、見ないで智咲音ちゃん。でも、そのとおりよ。うンッ、拓海くんのコレ、とっても硬くて、熱くて、私、主人とはもう十年近く……だから、なおさら……」

(なにを正直に答えてるのかしら。智咲音ちゃんがその気になればすぐに紗耶香さんや聡史にこのことが伝わって取り返しのつかない事態になるっていうのに。高校生の男の子との、息子の友人とのセックスに嬉々としているなんて、知られないほうがいいのに……)

熟女の痴態に驚きの表情を浮かべている女子大生に対して、背徳性交で悦びを享受している心情を素直に吐露している自分自身に戸惑いを覚えた。だがそれは取り繕う余裕がないほどに拓海とのセックスに溺れている証であり、妻として、母としては許さないことであっても、一人の女としては正しい姿でもあった。

「美也子さんに、経験豊富な大人の女性にそこまで言わせるなんて、拓海くんのってすごいのね」

女子大生がウットリとした声を出した。ふだんは凜々しさすら感じさせる切れ長の瞳がいまや悩ましく細められ、半開きの唇から甘い吐息を漏らしている。さらに下半身の疼きが増しているのだろう、ツンと上を向いたヒップが切なそうに左右に揺れ動いていた。

「おぉぉ、おばさん! そんな嬉しいこと言われたら、僕……」

「はンッ! ダメよ、拓海くん。そんな下から腰、突きあげてこないで。そんなことされたら、おばさん……」

興奮がピークに達しつつあるのか、前夜と同じように拓海ががむしゃらに腰を突きあげてきた。ペニスがより深く膣内に入りこみ、亀頭先端がコツンと子宮に当たってくる。その瞬間、美也子の脳内で快感の蕾がいっせいに花開きそうになった。

(ダメ、このままじゃイカされる。昨日まで童貞だった男の子に……今日はまだ射精していない拓海くんより先に……智咲音ちゃんに見られながら、イカされちゃう)

「待って、拓海くん。智咲音ちゃんにも、はンッ、気持ちよくなってもらわないと」

「えっ⁉ あっ！ ごめんなさい、智咲音さん。僕、おばさんのことばっかり……」

ハッとした様子で拓海の動きが止まった。それによって一気に圧しあげられていた美也子の絶頂感も少し落ち着きを取り戻すことができた。

「わ、私のことはいいのよ。まずは拓海くんが美也子さんで気持ちよくなってくれれば、私はそのあとで……」

突然、話題の中心に放りこまれた智咲音が困惑した様子で首を振ってくる。

「でも、僕、智咲音さんにも気持ちよくなってもらいたいし。まあ、どうすればいいのか、わからないんですけど……」

「ねえ、智咲音ちゃん、パンティを脱いでここに横になってくれるかしら。いま場所、開けるから。拓海くん、ごめんね、一回、抜くわよ」

ここは最年長である自分がリードしなければ、そんな思いから美也子は少年に断りを入れてから腰を浮かせた。肉洞からたくましい肉槍が抜け出てしまうと、喪失感に腰が震えてしまう。

「あんぁ、おばさん……」

「あんッ、すっごい、拓海くんの、なんて大きいの……美也子さんの蜜がまぶされてテカテカしているそのエッチなモノがいままで美也子さんのあそこに……」

「拓海くんも一度起きあがって場所を空けてあげて。智咲音ちゃんも恥ずかしいこと言わないでちょうだい。さあ、最後の一枚を脱いで横になって。この状態の拓海くんを待たせるのは可哀想でしょう」

悲しそうな声をあげる少年と、その股間に視線を釘付けにしている女子大生。自身も秘唇の疼きに身悶えそうになりながらも美也子は指示を出していった。

「えっ、あっ、は、はい」

雰囲気に押されたように智咲音が薄布の縁に両手の指を引っかけ、ヒップを左右に振りながら下着を脱ぎ捨てた。あらわとなった陰毛は手入れのされた美しい楕円形をしており、繊細そうな細毛が柔らかく茂っていた。

「あぁ、智咲音さんの裸、すっごく綺麗だ……」

「ほんとに素敵だわ。さあ、あなたが布団に横になって、そうしたら脚を開いてくれるかしら」

陶然とした呟きを漏らした少年に同意を示しつつ、新たな指示を与えていく。

(本当にこの子、モデルさんみたいな身体つきしてるのね。まあ、モデルにしては胸が少し大きすぎな感じはするけど……でも、アンバランスさはないのよね。やっぱり若くて背も高いからその分シュッとした印象を与えてくるのかしら)

「恥ずかしいので、そんなじっくりと見ないでください」

美也子と拓海、二人から身体を凝視され羞恥が募ったのだろう。智咲音が性的興奮とは違った意味で頬を赤らめ苦言を呈してきた。それでも女子大生は熟女の言に従うとそれまで少年が横になっていた部分にあおむけとなり、スラリと長い美脚をおずおずとM字型に開いてくれた。

「ち、智咲音さんのあそこ、お、オマ×コが……すっごく綺麗だ」

「いや、拓海くん、恥ずかしいから、見ないで」

開陳された女子大生の秘唇に男子高校生が上ずった声をあげ、智咲音が頬をいっそう赤らめながら両手で覆い隠していく。

「あ、あの、おばさん、それでこのあとはどうするつもりなんですか?」

「うふっ、こうするのよ。智咲音ちゃん、ちょっとごめんなさいね」

智咲音から再びこちらに視線を向けた少年に艶然と微笑み返し、美也子は開かれた女子大生の脚の間に身体を入れ四つん這いとなった。

「えっ!?　ちょ、ちょっと、美也子、さん？」

「す、すごい！　おばさんのエッチなあそこがぱっくりと口を開けて……ゴクッ」

「智咲音ちゃん、手をどけてちょうだい。そうすれば、私があなたのあそこを……拓海くんは後ろからおばさんに挿れて気持ちよくなって」

（あぁん、私、なんて大胆な、いやらしいことしてるのかしら。もしかしたら私が一番、この場の空気にあてられちゃってるのかも）

卑猥な淫裂をさらけ出す体勢となっている自分自身に、美也子はとんでもない淫猥さを感じていた。だが、前日に永の眠りから目覚めた肉体が、絶頂寸前まで高められていた肉欲が、さらなる快感を欲していたのだ。

「み、美也子さん、いやらしすぎますよ」

「言わないで。私も自分でわかってるんだから。でも、旅の恥は掻き捨てって言うでしょう。だから……さあ、あなたも手をどけ、あんッ、拓海、くンッ」

智咲音に語りかけている最中に拓海の左手で腰を摑まれ、オトコを欲して口を開く秘孔に亀頭先端が押し当てられた。

「お、おばさん、本当にこのまま……う、後ろから挿れて、いいんですよね」

「ええ、いいわ、キッ、はンッ、きっ、来てる……拓海くんの硬いのが、また、膣奥まで一気に……あぁん、すごいわ」

言葉の途中で少年が腰を突き出していた。ンヂュッとくぐもった音を立て、たくましい肉槍が再び肉洞内に押し入ってくる。四つん這いとなり量感の増していた熟乳がぶるんっと激しく揺れ動く。張りつめた亀頭で膣襞をこそげあげられると、それだけで昇りつめてしまいそうな感覚が襲ってきた。

「あぁ、挿った……おばさんの膣中にまた……はぁ、やっぱりおばさんのここ、ウネウネが優しく、でもエッチに絡みついてきて、気持ちいい……」

「いいのよ、拓海くん、もっと気持ちよくなって。好きなように腰を振って、おばさんのあそこにいっぱいこすりつけてちょうだい。さあ、智咲音ちゃんも、手を」

「は、はい」

気圧されたのか女子大生が今度は素直に股間から手を離した。

「あんッ、智咲音ちゃんのここ、本当にとっても綺麗よ。羨ましいくらいだわ」

陰唇のはみ出しもほとんどない透明感溢れた美しい秘裂に素直な感想が口をつく。

だが、清楚さの一方、うっすらと淫蜜による光沢と鼻腔を控えめに刺激してくる甘酸っぱい香りが、智咲音も性的興奮を覚えていることを伝えていた。

「お願いです、恥ずかしいのでほんと、あまり見ないでください」

恥じらいの表情、潤んだ瞳が逆にゾクッとするほどの色気を感じさせる。

(恋人とは相手の裏切りで別れたばかりって言っていたけど、恋愛経験、さほど豊富ではないのかもしれないわね)

見た目の華やかさほどには派手な関係を築いていないのではないかと感じつつ、美也子は上半身をグイッと押しさげた。たわわすぎる豊乳が布団に押し潰されていく。だが、ヒップは高々と掲げたままのいわゆる女豹のポーズ。その体勢で美也子は顔を女子大生の清廉な淫唇へと近づけた。鼻腔を襲う牝の香りの強まりを感じつつ美しいスリットにチュッとキスをすると、舌を突き出しペロペロと舐めあげた。

「はンッ！　あっ、あぁ、美也子、さん……」

女子大生の腰が激しく突きあがり、円錐形の美巨乳が連動するように揺れている。

「すっ、すごい……おばさんが智咲音さんのあそこを……」

熟女の肉洞に根元までペニスを圧しこんだ拓海は、射精感も忘れて目の前で展開された痴態に両目を見開いた。

(まさかこんなことになるなんて……智咲音さんとエッチしたこと、いまのところ上

手く誤魔化せていると思うけど、ボロが出ないようにしないと）

あまりに予想外な展開に拓海自身、圧倒され、流されていた。それでも、美人女子大生とすでに肉体関係を持っていることを美也子には知られないようにしなければ、という思いは強く心にあった。

「ンぱぁ、はぁ、拓海くん、どうしたの、動いていいのよ。この硬いの、いっぱいこすりつけてきて」

智咲音の秘唇からいったん口を離した美也子が艶めかしく火照った顔をこちらに向け、ボリューム満点の双臀をクイクイッとくねらせてきた。するとキュンッと反応した肉洞全体が締まりを強め、柔らかな膣襞が甘い蠕動で強張りに絡みつく。

「くはッ、あぁ、お、おばさん……じゃあ、あの、動きます」

「おばさんのことは気にせず、我慢しないで出しちゃっていいからね」

「は、はい」

脳天に痺れるような愉悦を覚えつつ、拓海は両手で友母の熟腰をガッチリと摑むとゆっくりと腰を前後に振りはじめた。グチュッ、ズヂュッと粘つく摩擦音がたちどころに起こり、こなれた柔襞で硬直がこすりあげられていく。

「あんッ、そう、そうよ。上手よ、拓海くん……チュッ、チュパッ……」

「はンッ、み、美也子、さッ、あぁん、そんな優しく舐めあげられたら私……ンッ！　ダメです、あぁ、舌、入れないでくだッ、さぃ……」

「おばさん、すごいよ、おばさんの膣中、キュンキュンしてさらに絡んできてる」

（おばさんのあそこに挿れさせてもらいながら智咲音さんのエッチな顔を見て、声が聞けるなんて……はぁ、ダメだ、これ、すぐに出ちゃう）

　三者三様の反応。その中でも熟女の蜜壷にペニスを突き立てている拓海が一番追いつめられていた。うねる熟襞は優しいながらも確実に絶頂へと誘ってきている。

「あぁ、おばさん、出るよ。僕、ほんとにもうすぐ……」

「ンむっ……ぐッ、うぅン……チュッ、チュパッ……ヂュチュッ……」

「キャンッ！　だッ、ダメ、駄目です、美也子さん、そこ……クッ、クリトリスは私、あぁん、イッちゃいます……そこばっかり吸われたら、本当に私……」

　拓海が絶頂の近さを訴えた直後、美人女子大生の身体が小刻みな痙攣を起こしはじめた。息を呑む美貌が快感にゆがみ、ふっくらとした唇からは甲高い喘ぎがこぼれ落ちる。弾力豊かな双乳がぷるん、ぷるんと揺れ動き、拓海の視神経を刺激してきた。さらに大きく開いた脚の指先がピーンッとのびてもいる。

（智咲音さん、本当にもう少しで……でも、そうか、クリトリスか。僕もおばさんのを触ってあげればいっしょに……）

美也子が女豹のポーズを取っているため、残念ながら蕩ける柔らかさとボリュームの乳肉に触ることができない。そのため両手はずっと腰を掴んでいたのだが、智咲音の言葉でハッとさせられた。

腰を前後に振り、断続的な胴震いを起こすペニスで肉洞をこすりあげつつ、拓海は右手を熟腰から離し、そのまま腹部方向へと撫でおろした。適度に肉がつき柔らかなお腹から今度は下方へ手をすべらせていく。ジョリッとした陰毛をくぐり抜け、秘唇の合わせ目へと向かわせる。直後、中指の先が球状に硬化し、存在を主張しているポッチに触れた。

「はンッ！　たッ、拓海、くンッ、あぁ、ダメ、そこ、さわラ、ないでっ……」

「くハッ、ンあぁ、締まる……ここ、触ったらおばさんの膣中、一気に……あぁ、出ちゃうよ、おばさん、僕、本当に……」

指先で淫突起を転がしたとたん友母は智咲音の秘裂から唇を離し、鋭い快感を伝えてきた。蜜壺全体がギュッと締まり、柔襞の蠕動も一段階引きあげられたのがわかる。女子大生と比べればまだ優しい締めつけであったが、それまでとのギャップで拓海の眼窩には鋭い瞬きが襲った。

「いいわ、ちょうだい。拓海くんの熱いミルク、いっぱいおばさんの膣奥に……はぁン、ダメ、イッちゃう、そこ刺激されながら硬いのでズンズンされるとおばさんも、ンッ、はぁ、はあ、あっ、あン……」

「おぉぉ、出すよ、おばさん。また、おばさんの膣奥に僕……」

右手の中指で硬化したクリトリスを転がしながら、拓海はがむしゃらに腰を振り立てた。淫猥な摩擦音が一気にその間隔を縮め、煮えたぎった欲望のエキスが出口目がけて迫りあがる。眼前に鋭いフラッシュが何度も焚かれ、視界が白く霞んできた。

「あぁぁ、おばさ、ンッ、はッ、あぁぁぁぁぁぁぁ……ッ」

ズンッとひときわ深くペニスを肉洞に叩きこんだ直後、我慢を重ねてきた亀頭がついに弾けた。ズビュッ、ドビュビュ……猛烈な勢いで迸った白濁液が友母の子宮に襲いかかっていく。

「あんッ、来てる！　熱いのが……拓海くんのがまた膣奥に……はぁン、イクッ！　私も、きっ、キちゃううぅぅぅぅ……」

一拍遅れて美也子の全身にも激しい痙攣が襲いかかった。肉洞が一瞬弛緩しすぐさま射精をつづける強張りに妖しく貼りつき、さらなる吐精を促してくる。

「はぁ、すっごい……搾られる。あぁ、おばさんのヒダヒダで、僕、まだ……」

強烈な絶頂感に意識が飛んでしまいそうになった拓海は、断続的に腰を痙攣させせつつ、グッタリと熟女の背中に覆い被さっていった。

「い、イッたのね、二人とも……こんな目の前で……」

熟女の口唇愛撫により絶頂間近まで引きあげられながらも達することができなかった智咲音は、自身の脚の間に身体を入れたまま突っ伏している男女を見つめ、総身を震わせた。部屋全体に濃密な淫臭が立ちこめていることにいまさらながら気づく。

（拓海くんのあの勢いよく噴き出した精液が美也子さんの子宮に……）

一昨日、少年とのセックスで初めてナマ性交を果たした智咲音は、そのとき膣内に感じた迸りの感触を思い出し、さらに肉洞を疼かせてしまった。トロリとした淫蜜がほのかに口を開けた秘唇から滲み出し、肛門方向へと垂れ落ちていくのがわかる。

「あぁん、ごめんなさいね、智咲音ちゃん。あなたを気持ちよくしてあげるつもりだったのに、私が先に……」

「いいえ、いいんです。こんな場面を見る機会なんて、そうそうないでしょうし」

刺激を欲する膣襞の蠢きを意識しながらも、智咲音は艶めかしく上気した顔を向けてきた美也子に首を振った。

「あんッ、すっごい、拓海くんのまだ硬いまんまだわ……はぁん、ほら、拓海くん、今度は智咲音ちゃんを気持ちよくしてあげて」

「うっ、う～ン、はぁ、おばさん……智咲音、さん」

愉悦に蕩け焦点(しょうてん)が定まっていないような目を向けてきた少年が、ゆっくりと熟女の上から身体を離した。ンヂュッと粘つく音を立てながらペニスが引き抜かれる。姿をあらわした淫茎に、智咲音の背筋にさざなみが駆けあがった。

「あんッ」

美也子の口からも甘いうめきが漏れ、眉根が悩ましくゆがんでいた。直後、おっくうそうにしながらも熟女も身体を起こし、完全に布団を智咲音に明け渡してくれた。

「す、すごい。拓海くんの、まだ、そんなに大きなままで……コクン」

放たれた精液と熟女の淫蜜で全体がヌッチョリと濡れ、卑猥な光沢を放っているペニスは、射精直後とは思えないほどに雄々しくそそり立っていた。そのたくましさに自然と生唾を飲んでしまう。同時に刺激に飢えた膣襞が激しい蠕動を繰り返し、大量の蜜液を溢れさせていく。

「だって、おばさんの膣中、気持ちよかったですし。それに智咲音さんの綺麗なオマ×コが丸見えに……」

「あんッ、拓海くん……ねえ、来て。私のここにも拓海くんの……ちょうだい」

M字型に脚を開き淫裂をさらけ出した状態の女子大生は、自らの両手をぬかるんだ女肉に這わせくぱっと秘唇を広げて見せた。

「ち、智咲音さん！」

「うふっ、自分から開いて見せるなんて、あなたも大胆なのね。それにしても智咲音ちゃんのって膣中もすっごく綺麗だわ。でも本当にゴム着けさせなくていいの？　拓海くん、ひとつだけ持ってるって言っていたけど」

「あんッ、美也子さんは見ないでください。これは拓海くんが挿れやすいように……ゴムは……はい、なしで。拓海くん、私、元カレとはゴムありでしかしたことなかったんだから、キミだけなんだよ、ナマで私のここ……ねえ、来て」

（ヤダ、本当にとんでもなく大胆になってる。場の雰囲気にあてられてるっていうのもあるけど、私のあそこ、本当にもう疼きが限界に来てる）

「あぁ、智咲音さん……」

恋人にも見せなかった淫猥さを高校生の男の子に示している背徳に背筋を震わせていると、射精直後とは思えないペニスを誇示する拓海がゆっくりとにじり寄ってきた。

熟妻の蜜液と少年の精液にまみれた肉槍の卑猥さと、鼻腔をくすぐる濃厚な性臭に女子大生の喉が小さく鳴ってしまう。

「ほんとにナマでいいんですよね」

「うん、いいよ、来て」

再確認を求める拓海に頷き返すと、少年が覆い被さってきた。顔の横に左手がつかれ、右手に握ったペニスを開いた膣口に近づけてくる。直後、ヂュッと音を立て亀頭先端が肉洞に頭を突っこんだ。

「い、挿れますよ」

切なそうに火照った顔で見おろしてきた拓海の囁くような声を聞いた次の瞬間、一気に腰が突き出され、熱い強張りが狭い膣道を圧し開くように侵入してきた。

「はンッ！　来てる……拓海くんの硬くて熱いのが、膣中に……はぁん、すっごい」

(まただ。一昨日もそうだったけど、挿れられただけでイッちゃいそうになる)

張りつめた亀頭で柔襞をこそげられると鋭い快感が脳天に突き抜けた。顎がクンッと上を向き、腰も逆反って(さかぞって)いく。二日ぶりの強張りを喜ぶように入り組んだ膣襞が硬直に絡みつき締めあげてしまう。

「くッ、き、キツイ……智咲音さんのここ、とんでもなくキツキツでエッチなヒダヒダがすっごく絡んできてる。はぁ、こんなのすぐにまた……」

「いいよ、我慢しないで。私もすぐにイッちゃいそうになってるから、だから最初から思いきり……最後はそのまま、ねッ」

「は、はい」

目を見開く少年に淫靡に潤んだ瞳で頷き返すと拓海がかすれた声で返事をしてきた。そしてすぐに腰を上下させはじめた。グチュッ、ズチュッとくぐもった摩擦音を立てペニスが蜜壷を往復していく。

「本当に拓海くんと智咲音ちゃんが……」

「あんッ、お願いです、恥ずかしいのであまり見なッ、はンッ！　す、すっごい……深い、そんな膣奥まで突かれたら、私、ほんとに、もう……」

いまだ絶頂の余韻を引きずった匂い立つ色気の熟女の呟きに、全身を駆け巡る快感に溺れそうになっていた女子大生の羞恥が一気に煽られた。だが、美也子に意識が向いたタイミングで拓海の律動が激しさを増した。高速でペニスが柔襞をしごきあげ、腰振りの力強さが増したことによって肉槍がより深くまで入りこんでくる。張り出したカリ首で子宮口の手前を抉られるとそれまでになく強烈な快感が脳内に弾け、頭が真っ白になりそうだ。

「あぁ、気持ちいい。智咲音さんの膣中、おばさんと全然違うよ。はぁ、でもオッパイは……智咲音さんの大きなオッパイも、こうしてズンズンしてるとおばさんと同じようにプルンプルン揺れてる」

ウットリとした声をあげた少年の右手が女子大生の左乳房にのばされた。たくましい硬直を突き入れられるたびに弾むように揺れていた豊かな肉房がやんわりと捏ねあげられる。

「うンッ、いいよ、拓海くん。美也子さんほど大きくないけど、私のオッパイでよければ好きなだけ、はぁン、ほんとに素敵よ」

（すごい、これ、一昨日よりも気持ちよさがずっと強いかも。私のあそこ、拓海くんのオチ×チンで気持ちよくなる形に変形しちゃってるみたい。彼のときはこんな感覚なかったのに、なんで彼氏でもない年下の男の子ので……）

膣襞がもたらす鋭い快感と、乳房から伝わるじんわり染みこんでくる悦楽。その二つが混ざり合いより高みへと昇りつめていくようだ。同時に元カレとの、恋人とのセックスでは味わったことのない感覚に戸惑いも覚えていた。

「ダメよ、拓海くん、おばさんと比べないで。智咲音ちゃんのほうが若いんだから、おばさんよりもずっとあそこだって締まってるでしょう。それにオッパイだって、こんな弾むように揺れてないはずよ。おばさんのオッパイはもっとだらしなく……」

「そんなことないです。おばさんのオマ×コは優しく導いてくれるようで、安心感があってすっごく気持ちいいです。オッパイだって、大きくってとんでもなく柔らかくって、僕、大好きですよ」

「あんッ、拓海くんったら」

四十路の人妻と二十歳の女子大生の肉体比較をした男子高校生に美也子が首を左右に振っていた。それに対して少年は陶然とした眼差しで友人の母親を見つめ想いを伝えていく。すると熟女の頰がポッと色づいたのが智咲音にもわかった。

「あぁん、ダメ、拓海くん。いまは私にだけ集中して。私のナマの感触、もっと味わって。拓海くんしかこの感触、知らないんだからね」

すねたような口調で言うと、智咲音はスラリと長い両脚を跳ねあげ、拓海の腰に絡みつけた。そしてそのまま下からヒップをくねらせていく。

「うわっ、そ、そんな急に腰、揺らされたら僕……あぁ、智咲音、さん……」

「はンッ、すっごい、わかる、拓海くんのが膣中でさらにピクピクって……あぁん、出そうなのね。いいわよ、来て。拓海くんの熱いの、私の膣奥にもゴックンさせて」

膣内で跳ねあがるペニスの漲り具合に拓海の絶頂感の近さを感じ取った智咲音は、両手を少年の首に巻きつけ、甘えたような声をあげた。

「おぉぉ、智咲音さん。出すよ。僕、今度は智咲音さんの膣奥に……子宮に……」

女子大生の言葉に反応した拓海がさらに激しくペニスを突き入れてくる。グヂュッ、ズヂュッと卑猥な性交音が大きくなり、それにつられて柔襞から伝わる快感も増大していく。亀頭先端が膣奥を叩くたびに子宮には痺れるような悦びが走り抜け、意識が飛んでしまいそうだ。

「あんッ、いい、来て……はッ、あぁん、イクから、私ももう……はンッ、あっ、タク、みッ、イク、イッちゃう、私、もう、あッ、はっ、あぁぁぁ〜〜〜〜ンッ！」

その瞬間は唐突に訪れた。挿入直後に感じた軽い絶頂感とは桁違いの快感。蓄積された愉悦が脳内で大爆発を起こし、一瞬にして眼前がホワイトアウトした。同時に全身に激しい痙攣が襲いかかる。少年の腰に回していた太腿にギュッと力がこもり、さらにキツくしがみつく形となっていた。

「ンはッ、す、すっごい、締まってる。はぁ、出る、僕もほんとにもう、でッ、出ちゃうぅぅぅぅ……」

数瞬後、拓海のペニスにも痙攣が襲った。迸り出た白濁液が猛烈な勢いで子宮に叩きつけられてくる。

「はンッ、すっごい、来てる。お腹に、子宮に拓海くんの熱いのが、あぁん、ダメ、イク、私、また、イッくぅぅぅ～～～～～～ンッ……」

胎内を駆け巡る欲望のエキスの熱と勢いに女子大生は連続絶頂に見舞われた。鋭すぎる快感に意識が朦朧としてくる。全身の力が抜け、拓海の腰に巻きつけていた両脚もいつしか布団の上へと戻っていた。

「本当に拓海くんが智咲音ちゃんの膣奥に……あぁん、こんなの目の前で見せられたら、私、また……ねぇ、お願い。もう一度おばさんに拓海くんをちょうだい」

「あぁ、おばさん……もちろんです、僕、おばさんとなら何度だって……」

熟女の淫らなおねだりと少年の陶然とした声がどこか遠くから聞こえてくるようだ。直後、肉洞からペニスが引き抜かれ、自然と「あんッ」と甘いうめきが漏れ出た。だが意識があったのはそこまでで、智咲音は心地よい疲労と満足感に包まれ眠りに落ちていくのであった。

第五章　背徳の蔵で狂った肉宴

1

「終わったぁぁぁぁぁ……」

　床の雑巾掛けを終えた拓海は、右手に雑巾を持ったまま蔵の床に大の字となった。分厚い床板のヒンヤリとした感触が心地よく感じられる。

　日曜日の午前十一時すぎ、明日はいよいよ東京に戻る前日、ついに美也子の実家の蔵掃除が終了したのだ。このあと、運び出していた荷物を元に戻す作業が残っているものの、メインのミッションはコンプリートとなる。

「お疲れさま。ありがとうね、拓海くん。それに智咲音ちゃんも。すっごく助かったわ。ゆっくり休憩して、あとの作業は午後からにしましょう」

蔵の入口付近にいた美也子が床に座りこみ手の甲で額を拭いながら言ってきた。

「お疲れさまでした。はぁ、ほんとに疲れた。荷物の量が少なかったとはいえ、三人っていうのはキツいですよね」

蔵の奥側の床を担当していた智咲音も作業を終えたらしく、壁に背中を預けるように座りこんでいる。

「ごめんなさいね、まさか聡史までいないとは思ってなかったわ」

「いいえ、美也子さんのせいではないので。お義兄さんは仕事だったんだから仕方ないです。それにそれを言ったら、ウチの姉が手伝いに行かなきゃいけなくなったのが完全な誤算でしたね」

蛍光灯が点る天井を見あげたまま拓海は二人の会話を聞いていた。

友母の両親がバス旅行から戻ってくるのは夕方以降。そのため、この日の作業も前日同様にここの三人プラス聡史夫婦を予定していた。ところが、聡史が急遽(きゅうきょ)、市の催(もよお)し物に借り出されることになってしまったのだ。それだけならまだしも妻の紗耶香も手伝いに行く羽目になったため、最終日の作業は東京組の三人のみとなっていた。

「まあ、でも、無事に終わってよかったです」

ふぅと息をつき上体を起こした拓海が誰に言うともなしに口を開いた。連日の作業による疲労感はあるが、いまは心地よい達成感のようなものも感じられている。

「拓海くんが一番、頑張っていたものね」

ペットボトルのお茶で水分補給をした智咲音がそう言って立ちあがり移動してくると、右手で拓海の髪の毛をクシャクシャッとした。そしてそのまま左隣に腰をおろしてくる。うっすら汗の浮く女子大生の美貌には健康的な色気があった。さらに白いTシャツを盛りあげる乳房の膨らみと、間近に見るとかすかに透けているブラジャーにドキッとしてしまう。同時にジャージズボンの下で淫茎が反応してしまった。

「エッチ、どこ見ているのよ」

「あっ、いえ、別に……」

「ふふっ、まあ、見たければ見てもいいけどね。でもさ、私の胸なんて昨夜、さんざん見てない？ それとも、私の意識が飛んじゃったあとは大好きな美也子さんとのエッチに夢中で、お姉ちゃんの裸なんて興味外だったかな？」

「そ、そんなことはけっして……」

身を寄せからかうように言ってくる女子大生に拓海は頬を赤らめながら首を振った。少し汗ばんだ左の二の腕に弾力ある膨らみがグニュッと押しつけられ、それだけで呼吸が乱れそうになる。

昨夜、智咲音の膣内に二度目の射精をしたあと、意識を飛ばした美女の横で拓海は再び友母の肉洞にペニスを突き立てていた。そしてしばらくして目を覚ました女子大生に見守られながら、美也子の子宮にその日三度目の精を放ったのだ。

「ほんとに？　昨日のこと思い出して、ここ、膨らませちゃってるんじゃないの？」

悪戯っぽい目をした女子大生が上半身をひねり、左手で拓海の股間をすっとひと撫でしてきた。その瞬間、ゾクッとした震えが背筋に走りペニスにはさらなる血液が集まってしまう。

「うわぁ、ち、智咲音さん、いきなり触らないでくださいよ」

「ちょっと、冗談のつもりだったのにほんとに大きくなってるじゃない。もしかして本当に昨夜の美也子さんとのエッチ、思い返してたの？」

「ち、違いますよ。これは、智咲音さんが胸、押しつけてきてるから、それで……」

「ふ〜ん、お姉ちゃんのオッパイでこんなになっちゃったんだ。可愛いね」

「だ、だから、そんなふうにこすらないで……はぁ、ほんとにダメです」

拓海の答えに女子大生の顔にはさらなる悪戯っぽい笑みが浮かび、弾力豊かな膨らみをより強く押しつけながら左手でジャージ越しの強張りをこすりあげてきた。たったそれだけの刺激にもかかわらず、急速に射精感が頭をもたげそうになる。

「ちょっと智咲音ちゃん、こんなに明るい、午前中からなにしているの。それもこんな蔵の中で」

「いや、私もそんな気はなかったんですけど、拓海くんのここ、本当に大きくなっちゃっていて……せっかくならこのまま今日のご褒美の先払いもいいかなと……」

女子大生の悪戯に苦言を呈した美也子に、智咲音が苦笑気味に返していく。

「ご褒美って……智咲音ちゃんも手伝いに来ている立場でしょう」

「そうですね。だから、私にとってのご褒美でもあるんですけど……正直、私、エッチってさほど好きじゃなかったんです。でも、拓海くんとのはけっこうよくって、それで……それにいまなら誰かに知られるリスク低いと思うんですよ。おそらく最初に帰ってくるのは姉だと思いますけど、それでも午前中はないでしょうし。もし早く戻ってきても、車が敷地に入ってきたときの砂利音、聞こえると思うんですよね」

呆れたように言いつつこちらにやってきた熟女に、蠱惑の微笑みを拓海に送りつつもいったん硬直から手を離した女子大生が答えていく。魅惑の美貌に見つめられ、拓海の心臓がキュンッと締めつけられた。

「拓海くんは、いま、ご褒美欲しいかしら?」

「あっ、そ、そう、ですね。もらえるなら、いつでも……」

友母に改めて問いかけられると、淫らな行為のおねだりとなるだけに申し訳なさと恥ずかしさがこみあげてくる。それでもペニスは現金なものでジャージの下で小刻みな胴震いを起こしてしまう。

「う〜ん、そうねぇ……一階で休んでいる両親が二階で行われていることに気づくとは思わないけど、確かにリスク回避は必要ね。はぁ、わかったわ。智咲音ちゃんの提案を受け入れましょう。以前、紗耶香さんが言っていたけど、あなた、一度言い出したら聞かない性格なんですってね」

「そうですね。姉ほどいい子ちゃんじゃないのは確かですね」

半ば諦めたような熟女の言葉に女子大生が肩をすくめてみせた。

(えっ⁉ っていうことは本当にいまから……いや、でもなぁ……)

「すごく嬉しいんですけど、シャワーも浴びてないですし汗もかいているのでさすがに汚いかと」

ご褒美エッチは夜、それも美也子からお誘いをいただければ、という受け身でいただけにこの流れは嬉しい誤算であった。しかし、さすがに洗っていないペニスに触ってもらうことには申し訳なさがある。

「それは大丈夫。私、こういうのを持ってるから」

そう言うと智咲音はジーンズの尻ポケットからボディシートを取り出した。

「無香料のノンアルコールタイプだからデリケートゾーンに使っても平気だと思う」

「よくもまあ、そんな物まで用意していたものだわ。もう確信犯ね」

「違いますよ。昨日までも汗を拭くのに使ってたじゃないですか。私、肌がそんなに強いほうではないのでこの手のモノはなるべくノンアルコールの商品を使うようにしているんです。だから、本当にたまたまです」

「まあ、そういうことにしておいてあげましょう。いまそれを出したということは、家に戻らずここでっていうつもりなんでしょうけど、なにか敷くものがないと背中痛くなるわよ。いいわ、ちょっとなにか持ってくるから待っていて」

呆れたように言う美也子に智咲音は首を振って否定の言葉を口にしていた。だが、熟女は信用していないらしく訳知り顔で頷き、いったん母屋へと戻っていった。

「なんだかんだ言って、美也子さんもけっこうノリノリね。拓海くんとの、息子の友だちとのエッチに対して、どこか吹っ切れちゃったのかしら。それはそうと、木曜日に私とエッチしちゃったこと、言ってないのね」

「そりゃ、そうです。おばさんにそんなこと言えるわけないじゃないですか。それに智咲音さんだって、知られたらマズくないですか」

蔵を出ていった友母を見送った直後、智咲音が悪戯っぽい目で尋ねてきた。それに対して拓海はとんでもないといった顔で返していく。

「私は知られたところで奔放な子だと思われる程度だろうし、正直、こっちに来ることは滅多にないからさほど困りはしないわね。姉ともそこまで頻繁に連絡を取り合ってるわけじゃないし。拓海くんのことを思っていちおうは合わせてあげるけど」

「あっ、そうだったんですか、ありがとうございます」

智咲音の心遣いに素直に頭をさげた。

「ふふっ、ほんとスレてないわよね、キミは。でも、大好きな友だちのママを裏切っちゃってるのよね。本当は私で、女子大生のお姉ちゃんで童貞、卒業したくせに。このオチ×チンが初めて知ったオンナは私なのにね」

そう言うと女子大生は左手を再び拓海の股間にのばしてきた。先ほど触られたとき以上に漲っているペニスが、美女の手で妖しく撫でられていく。

「うわぁ、だッ、ダメです、智咲音さん。今日、僕、すっごく敏感みたいで……だから、そんなふうにこすられたら、すぐに……」

「それはさすがに早すぎでしょう。ほら、だったら早く裸になって。オチ×チン、綺麗にしてあげるから。美也子さんが戻ってくる前に準備、整えておきましょう」

拓海の反応に慌てて左手を離した女子大生がボディシートを一枚抜き取った。

「ありがとうございます。じゃあ、あの、ちょっと向こうで拭いてきます」

「拭いてあげるから、さっさと脱ぐ。それともお姉ちゃんに脱がせてほしいのかな」

蔵の奥で淫茎を拭おうと思い立ちあがった拓海がボディシートを受け取るために右手を差し出すと、智咲音がすっとシートを遠ざけた。

「いや、でも……」

「いまさら恥ずかしがることじゃないでしょう。早くしないと美也子さんに言っちゃうよ。拓海くんは本当は童貞を私で捨てたって。美也子さんの身体目当てで嘘をついてるって。いいの？」

「ひ、酷い……あぁ、わかりましたよ。その代わり智咲音さんも脱いでくださいよ」

その口調から女子大生が本気ではなく、からかっているだけだとわかってはいた。だが、あえてそれに乗って拓海は黒いポロシャツを脱ぐと、靴も脱ぎ、ジャージズボンと下のボクサーブリーフをいっぺんにズリさげた。ぶんっとうなるようにペニスが飛び出し、下腹部に張りつく勢いでそそり立つ。

「あんッ、すっごい。本当にもうそんなに大きくしちゃってたなんて……昨日、あんなにいっぱい出したのに……拓海くんって可愛い顔して絶倫くんだよね」

天を衝く強張りにうっすら頬を赤らめた智咲音はそう言うと立ちあがり、着ていたものを脱いでくれた。スカイブルーのブラジャーとペアとなったパンティ。

「あぁ、智咲音さん……」

思わず感嘆の呟きが漏れた。均整の取れた美しいプロポーション。四分の三カップのブラジャーに包まれた膨らみは下着越しでも美しさと豊かさを感じさせる。ウエストの括れ具合も素晴らしく、かすかに陰毛が透けて見えるパンティに包まれたヒップの張り出し、そしてスラリと長く美しい脚。人目を惹く美貌と相まって高嶺の花感がいっそう強調されているようにも思える。

(ほんとに智咲音さんはすっごい美人だしスタイルだって……こんな綺麗なお姉さんと何回もエッチできたなんて、それだけでとんでもない幸運だよな)

「もう、また目がエッチになってるよ。でも、この下着、セクシーさはそんなにないけど、品良くレースが使われていてオシャレでしょう。ふふっ、拓海くんは下着よりその中身にしか興味ないかもしれないけど」

「あっ、い、いえ、そんなことは……」

「いいのよ、別に。さすがに昼間からこんなところでエッチするつもりはなかったから、誰かに見せるための下着じゃないしね。それより、それ、綺麗にしてあげるね」

クスッと微笑んだ女子大生が拓海の正面で膝立ちとなった。

「あんッ、すっごいエッチな匂いしてる。こんな強烈な香りのモノ、そのまま触らせようとしなかったことは褒めてあげるわ」

そう言うと智咲音は右手に持ったボディシートで、張りつめ早くも先走りを滲ませている亀頭を包みこんできた。

「ンはっ！　あっ、あぁ、智咲音、さん……」

ノンアルコールタイプとはいえ、湿ったペーパーで敏感な箇所をこすられた拓海は腰をゾワッとさせてしまった。その間にも優しい手つきでペニス全体が拭きあげられていく。ビクッ、ビクッと断続的な胴震いが起こり、綺麗にされたばかりの亀頭が早速、漏れ出た先走りで光沢を放ちだす。

「せっかく綺麗にしてあげたのに、すぐにこんなエッチなおつゆをこぼしちゃうなんて、ほんと拓海くんはいけない子よね」

肉竿の裏側や陰嚢部分までボディシートで清めてくれた美女が少し困ったような、それでいてこの状況を楽しんでいるような目を向けてきた。

「す、スミマセン。智咲音さんの手、気持ちよくってそれで……」

「そこは謝るところじゃないわよ。あぁん、こんな近くでこんな匂い嗅がされたら、私も変な気持ちになっちゃう」

直後、女子大生の右手が再びペニスへとのばされた。今回は清拭目的ではない。裏筋を見せつける肉竿の半ばをやんわりと握ると、そのまま顔を近づけてきたのだ。

「えっ!? 智咲音、さッ、ンはっ、あっ、あぁぁ……そ、そんないきなり……」

拓海のあげた困惑の言葉は途中で裏返り、愉悦のうめきへと変わっていた。

強張りに顔を近づけた女子大生はそのまま陰嚢にキスをすると舌を突き出し、アイスキャンディーでも舐めるように肉竿に舌を這わせてきたのだ。

「はぁン、拓海くんのコレ、エッチな匂いがすっごいわ。私、元カレにもこんな積極的にしてあげたこと、ないんだからね」

悩ましく潤んだ瞳で見あげてきた智咲音はそう言うと、張りつめた亀頭をパクンッと咥えこんだ。刹那、背筋に鋭い愉悦が駆けあがり眼窩に悦楽の瞬きが襲った。そんなことはおかまいなしで美女の首が前後に動き、ヂュッ、ヂュポッと卑猥なチュパ音を奏でながらふっくらとした唇粘膜でペニスがこすりあげられていく。

「ンはぁ、あぁ、智咲音、さん……くッ、ダメ、本当にいま、僕、敏感だから……」

(前回のエッチから半日も経っていないのに、なんでこんなに敏感なんだ。家の中じ

ゃなく、まったく違う雰囲気の場所でこんな明るいうちから……だから、いつもより興奮しちゃってるのかな)

女子大生の艶やかな黒髪に両手を絡めながら、腰が小刻みな痙攣に見舞われていた。睾丸が射精口をノックし、煮えたぎった欲望のエキスを送り出そうとしている。

「ちょ、ちょっと、私が少し席を外している間になにしてるの」

「へっ!? あっ、お、おばさん!」

射精感の上昇を感じた直後、母屋に行っていた友母が戻ってきた。両手で何枚かの座布団を持ち、その座布団の上には数枚のタオル類が載せられている。

「ンぱぁ、はぁ、お帰りなさい、美也子さん。別に抜け駆けしたわけじゃないんですよ。拓海くんの綺麗にしてあげたらこんなに元気になっちゃったので、それで」

美也子の再登場に智咲音がペニスを解放し説得力のない言い訳を口にする。だが強張りを襲う刺激が消えたことで昂っていた絶頂感がすっと引いていた。

「まったく、油断も隙もないんだから」

「いやぁ、でも、この状態のままは可哀想じゃないですか」

「それは、まあ、そう、ね」

呆れたようにそう言った美也子に女子大生がチラリと拓海の股間を見た。つられたようにそこに視線を這わせた友母の頬が一気に上気したのがわかる。

「す、スミマセン、ぼ、僕のせいで……」

二人の美女の熱い眼差しをペニスに感じ羞恥が募った拓海は、少し腰を引き気味にしつつ、両手で強張りを隠すのであった。

2

(思ったよりも早く帰れてよかったわ。東京から来ているお義姉さんや智咲音たちに全部やってもらうのはさすがに気が引けるものね)

自宅への道を早足で進む紗耶香は、少し気が急いていた。義姉や実妹だけならまだしも、長瀬家とはまったく関係のない少年、甥である洋介のクラスメイトの拓海も連日手伝ってくれているため、どうしても申し訳なさが先に立つ。

(それにしてもあの子、真面目によく働いてくれているわね。家庭環境のことは少し聞いていたけど、けっきょく木曜日、雨で作業が中止になった日に智咲音と観光に出かけただけであとは毎日、一生懸命……ほんとに感謝だわ)

一週間も友人の親の実家、それも泊まりがけで行かなければならないような場所の手伝いをしてくれている拓海への感謝は大きい。

父子家庭でその父親は長期出張中、夏休みも特段出かける用事がないところを誘われたと聞いていたため、物見遊山で申し訳程度に手伝ってくれるのかと思っていた。それでも人手が欲しいだけにありがたかった。だが実際は誰よりも汗をかき、全力で手伝ってくれていた。もしかしたら祖父母の家という甘えが出る可能性のある洋介が来たとき以上の働きかもしれない。

（お義父さん、お義母さんの旅行は事前にわかっていたけど、昨日同様、今日も朝から聡史さんと手伝えていれば拓海くんへの負担も少しは軽減できたのに……）

美也子や智咲音に対する以上に拓海に対する申し訳なさが募る。地元の中学校の校庭を活用した市主催のバザール。すべての誤算は担当者である夫の同僚が体調不良となったことだ。そのため急遽、手伝いに借り出されることとなったのだが、人手不足ということで紗耶香にまでお鉢が回ってきてしまったのである。

（やっぱり車で戻ってくればよかった。けっこう時間、かかっちゃったわ）

車を使えば五分の距離だが、帰りが遅くなる可能性のある夫の帰宅の足に置いてきたため徒歩での帰宅であった。そのため、せっかく十一時すぎには学校を出られたというのに現在時刻は十一時半をすぎてしまっている。

（すぐに手伝いに行きたいけどさすがにこの格好は……まずは着替えてからね）

動かなければいけない役回りならラフな服で行けたのだが、視察に訪れる県会議員や関係者を控え室に案内する役をやらされたため、紗耶香はオフホワイトのAラインワンピースを着ていた。さすがに蔵掃除をする格好ではないだけに、まずは築百年を超える母屋の隣に建つ現代的な一軒家へと向かった。

二階の寝室に入る。ワンピースを脱ぎ上は白いTシャツ、下はグレーのレギンスに着替えると、一階のキッチンで水を一杯飲んだだけで三人が作業をしている蔵へと向かう。蔵の前に運び出された木箱や段ボールが積まれているのが目に入った。

（中の掃除、まだ終わってないみたいね。早速私も作業に加わらないと）

額にうっすらと浮かぶ汗を手の甲で拭い小走りで二つ並んだ蔵、その奥側の扉が開いているほうへと向かう。蔵まであと十メートルを切った直後、紗耶香の足がピタッと止まった。

（えっ!? なに？　いまの声）

蔵の中からかすかに女性の喘ぎ声が聞こえてきた気がしたのだ。

（まさか、そんなことあるわけないわよ）

脳裏に浮かんだ疑念を振り払うように頭を振った紗耶香は忍び足で蔵へと近づき、

扉の陰からそっと中を覗きこんだ。直後、飛びこんできた光景にハッと息を呑み、両目を見開いてしまった。

（なっ、なに？　いったいこの三人はなにを……）

すべての荷物が運び出されガランとした蔵。その中央付近では母屋から持ってきたのだろう、三枚の座布団がくっつけて並べられている。その上にはバスタオルが敷かれており、そこに全裸の拓海があおむけとなっていた。

それだけでも奇異な状況なのだが、さらに異様なことにはほかの二人、美也子と智咲音も全裸となっていたのだ。義姉は少年の腰に跨がり激しく腰を振り立て、実妹は男の子の顔に跨がってこちらは前後に腰を揺すっている。拓海は小刻みに腰を突きあげつつ、両手は女子大生の腰をガッチリと摑んでいた。そして二人の成人女性の口は揃って悩ましい喘ぎ声を漏らしていたのだ。

（お義姉さんが拓海くんと、自分が連れてきた高校生の男の子と、せ、セックス、してるなんて……）

激しく腰を上下に振る美也子の姿は、ふだんのしとやかさからは想像ができないほど淫らであった。悩ましく上気した顔はゾクッとするほどの色気を放ち、こぼれ落ちる喘ぎは聞いているだけで劣情を催すほどだ。さらには、砲弾状のたわわな熟乳が激しくバウンドするように揺れ動いていた。

(それに智咲音もあんないやらしいことを……)

視線を少年の顔に跨がる智咲音に移す。人目を惹く美貌の女子大生も、美しく整った顔を悦楽にゆがめ甘い喘ぎを放っている。十歳以上離れた実妹が見せるオンナの顔に紗耶香の腰がぶるりと震えてしまった。

「はぁン、いいわ、拓海くん。あなたのオチ×チン、ほんとに素敵よ。あぁん、イッちゃう、おばさん、もうすぐ……」

「拓海くん、もっと激しく腰を突きあげて美也子さんをイカせちゃいなさい。そうしたら今度は私がキミのことを……キャンッ！　ダメ、そこ、ンぅん、いまクリ刺激されたら、私も……あっ、あぁ〜ン……」

絶頂の近さを訴える熟女と少年を急かす女子大生。拓海は美也子に対して激しく腰を突きあげつつ、智咲音に対してはクリトリスへの刺激を加えはじめたらしいことがわかる。クチュッ、クチュッというペニスが蜜壺をこする音と、チュパッ、チュパッと舌を蠢かせる音がはっきりと耳に届く。

(あぁん、こんなの見ていたら私も……最近、ご無沙汰だからあそこがムズムズしてきちゃってる。ダメよ、こんなの間違ってるんだから)

蔵の中から漂い流れる三人の淫気にあてられそうになりながらも、紗耶香はなんとか平静を保とうとした。結婚四年目、求めてはいるがいまだ子宝に恵まれていないこともあり、徐々に夜の性活がおざなりになりつつあった。そんなときに目撃した性行為だけに呼吸が乱れ、下腹部に切ない疼きが走るのを止められなかった。

「イッ、イク……おばさん、ほ、ほんとにもう、あっ、あっ、あぁぁぁぁ……」

「いや、舌はダメ……うぅン、拓海くんの硬いので、あんッ、イカせてぇ……」

義姉の身体が大きく弓反り激しい痙攣を起こしはじめたタイミングで、実妹が逃げるように少年の顔から腰を浮かせ横に動いた。

「ンぱぁ、はぁ、あぁ、出る。僕も、もう……あぁ、おばさんの気持ちいいウネウネでこすられて、でッ、出ッるぅぅぅ……」

直後、拓海の両手が女子大生の腰から熟女の腰に移動し、熟れ肌をガッチリと摑むとズンッとひときわ力強く硬直を繰り出した。美也子の全身がビクンッと大きく跳ねると同時に少年の身体にも痙攣が襲いかかっていた。

「はンッ、来てる……拓海くんの熱いのが、また、おばさんの膣奥に……あぁん、いいわ、出して。おばさんが全部受け止めてあげるから、いっぱい出してぇ」

（えっ!?　もしかして、ナマってこと？　避妊具も着けずに直接なんて……）

義姉の言葉から拓海が友人の母親の膣内に射精したことがわかり、さらなる衝撃を受けてしまった。同時に、しばらく迸りを受け止めていない子宮には鈍痛が襲い、刺激を欲して膣襞が蠕動しはじめてしまう。

3

「最後は私がって思っていたのに、美也子さんの膣中に出しちゃったのね。ほら、美也子さん、拓海くんの上からどいてください。次は私なんですから」

蔵の床板に膝をついた智咲音は拓海に身体を重ね荒い呼吸を繰り返している美也子に切なそうに声をかけた。実際、少年の舌で愛撫してもらっていた秘唇がズキズキと疼き、蠢く膣襞が大量の淫蜜を滲み出させていた。

（あんッ、こんな切ない感覚で置いてけぼりを食らうなら、さっきあのまま拓海くんの舌でイカせてもらったほうがずっとマシだったかも）

淫突起を嬲られ絶頂寸前まで追いつめられつつも、たくましい肉槍での刺激を欲し腰を浮かせてしまった己の判断が悔やまれる。

「はぁン、もうちょっと待って。はあ、いま、腰、けっこうきてるから」

「僕も少し休憩させてください」

「ダメ、私がイカせてあげるつもりだったのに美也子さんで出した拓海くんが悪いんだから。さっきお口で一度出させてあげたんだからもう少しこらえ……えっ!? おっ、お姉ちゃん!?」

絶頂の余韻に浸る二人を羨ましく思いつつ拓海に反論した智咲音は、ふと視線を感じて顔をあげた瞬間、蔵の扉前に立ちこちらを放心状態で見つめている姉に気づき、心臓が止まりそうな衝撃に見舞われた。そのため声が完全に裏返ってしまった。

「えっ？　ハッ！　さっ、紗耶香、さん……」

女子大生の言葉で現実に引き戻された熟女が蔵の出入口に目を向けた直後、息を呑んだのがわかる。美也子は倦怠感を忘れたかのように慌てて上体を起こし、拓海の上から身体を離した。次の瞬間、肉洞から抜かれたペニスが姿をあらわす。精液と愛液でぬかるんだ淫茎は射精直後にもかかわらずいまだ半勃ち状態を維持している。そのたくましさに腰がぶるっと震えたものの、いまはそれどころではなかった。

次いでチラッと拓海に視線を送ると、驚きのあまり声も出せない様子で両目を見開き紗耶香を見つめていた。

「こ、これは、ど、どういう、ことですか」

突然声をかけられ姉もビックリしたのだろう。詰問口調でありながらもその声は上ずっている。

「そ、それは……」

言い訳の余地のない状況に美也子の言葉が詰まった。

(どうして帰ってきたの気づかなかったんだろう……車の音、聞こえなかったと思うけど……ハッ！　もしかして、エッチに夢中で聞き逃した？)

絶頂に達して思考が鈍っている美也子と拓海ではまともな反論は期待できない。そもそも紗耶香の帰宅は車の音でわかるはずだと言ったのは智咲音自身だ。そのため姉に淫らな行為を見られた衝撃はいまだにあるが、同時にこの場をなんとかやりすごさなければという思いにも駆られていた。

(こうなったら恥ずかしがっている場合じゃないわよね)

「どうもこうもないわ。毎日、作業を頑張ってくれている拓海くんへのご褒美。いくら車だからって、お姉ちゃん、帰ってくるの早すぎよ」

小さく息を整えた智咲音は立ちあがり、全裸のまま蔵の扉前で立ち尽くしている姉に近づいていった。実の姉が相手とはいえこのような場面で裸を見られることには羞恥を覚えるが、なるべく余裕ある態度を心がけようと自身を奮い立たせる。

「ちょっ、ちょっと智咲音、そんな格好のままでこっちに来ないで。もし誰かに見られたら……私が行くから」

「もしかして、お義兄さんもいっしょなの？」

それはとんでもない修羅場になる。聡史も帰宅している可能性に身体がすくんだ。

「いえ、私、一人よ。向こうは帰りが遅くなる可能性もあるから、車を置いてきたのよ。そうじゃなくて、もし誰かがウチを尋ねてきたらってこと。それで、あんないやらしいことして、なにがご褒美なのよ」

蔵の中に入ってきながら説明する紗耶香に、姉が一人であることがわかりホッとすると同時に、車の音が聞こえなかった理由に納得の思いがした。

「ごめんなさい、紗耶香さん、私がいけないのよ。私が最初に拓海くんに……智咲音ちゃんは巻きこまれてしまっているだけで、悪いのは私なの」

「違います、もとはといえば僕が……蔵掃除の初日におばさんがいるのを知らずに脱衣所の戸を開けてしまって、それで裸を見ちゃったのがいけないんです。おばさんはそんな僕に気を遣ってくれて、それで……あと智咲音さんを巻きこんでしまっているのは本当です。スミマセン」

熟した裸体をさらしたまま立ちあがり美也子が頭をさげた直後、拓海が座布団を外して直接正座をすると、床に手をつき額が床板につくほど深く頭をさげた。

「や、やめてください、お義姉さん。それに拓海くんも頭をあげて。私は別にそこまで責めるつもりは……」

とんでもない現場を目撃し一番立場が強いはずの紗耶香が慌てたように二人に声をかけていた。

（これでとりあえずこの場を乗り越えられるか。それにしても、バカ正直に脱衣所の件を話すなんて、拓海くんは素直すぎるわ。でもまさか二人が揃って私の立場だけは守ろうとしてくれただなんて……）

最悪の修羅場は回避できそうなことに胸を撫でおろすと同時に、前夜、行為中に乱入した智咲音を庇おうとしてくれた美也子と拓海の心遣いが嬉しかった。

「あの、それとできれば今回のこと秘密にしてください。お願いします。もし無理なら、僕がおばさんや智咲音さんを無理やりってことにしてください」

「ちょっと拓海くん、それはダメよ。こんな田舎にまで来てもらって、毎日一生懸命手伝ってくれたのに、そんな恩を仇で返すような真似はできないわ。もし、問題が起こったらそれは大人であるおばさんの責任」

紗耶香に対して再び深く頭をさげた少年に熟女が諭すように言葉をかけていた。どうやら拓海は長瀬家とは無関係な自分が汚名を着ればいいと考えているようだ。

「拓海くん、美也子さんが言うようにそれはダメだよ。一人で格好つけないの。もし姉がお義兄さんたちに告げ口したら、責任はみんなで分担しないと。美也子さんもありがとうございます。でも、私が拓海くんと関係を持ったのは私の意志ですから」

「安心してちょうだい、誰にも言うつもりはないわ。義理の姉や実の妹が高校生の男の子と、甥っ子の友だちとエッチしてましたなんて、言えるわけがないでしょう」

少年らしいまっすぐさに智咲音が胸をキュンッとさせつつ言葉を挟むと、紗耶香も優しい表情で拓海に声をかけていた。

「ありがとうございます」

姉の言葉に一度は頭をあげた拓海が三度、額を床につけた。

（拓海くんの素直さ、真面目さがいいように作用してくれた感じね。でも、ホッとしたらまた身体のほうが……）

懸念が解消され安心したことにより、先ほど絶頂寸前まで追いつめられていた肉体が再び刺激を欲しはじめていた。忘れていた疼きが肉洞を襲い、蠢く膣襞が新たな淫蜜をジュッと滲ませていく。

「お姉ちゃん、約束だからね」

「ええ、わかっているわ」

「ならよかった。じゃあ、拓海くん、さっきのつづき、しようか」

紗耶香に再確認を行った智咲音は姉の返答に頷くと、クルッと振り返りいまだ床に正座したままの少年を見つめた。

「えっ？　ち、智咲音さん、なに、言ってるんですか」

「そうよ、智咲音ちゃん、この状況でつづきをだなんて……」

「智咲音、あなたはもう少し恥じらいというか、しとやかさを身に着けなさい」

　驚きの表情を浮かべる拓海と美也子、そして苦言を呈してくる紗耶香。半ば予想どおりの反応であった。熟女にいたっては座布団の上に敷いていたバスタオルを一枚取りあげ、それを身体に巻きつけている。

「ごめん、お姉ちゃん。でも、私……美也子さんは姉が来る前にイケたから満足でしょうけど、私は中途半端なままなんです。まあ、拓海くんがどうしても私とはエッチしたくないって思っていたら、それは仕方ないけど」

「そんな、智咲音さんとしたくないなんてことは絶対にないですけど、でも……」

　智咲音が哀願する眼差しを拓海に向けると、少年が背筋をざわつかせながら女子大生のすぐ後ろにいる紗耶香にチラッと視線を送ったのがわかる。

「姉の存在は気にしなくていいわよ。言わないって約束してくれたんだから。それにこんなところでエッチする機会なんて今後ないような気がするのよね。だから……」

実の姉に見られていることに羞恥を覚えるものの、それ以上に肉体が刺激を求めていた。そのためあえて紗耶香を意識の外に置くことにした智咲音は、正座をしたままの少年に歩み寄ると右手を差し出した。反射的に拓海が右手を出してくる。それをしっかりと握り引っ張りあげると高校生の男の子が立ちあがった。

「拓海くんのコレ、すぐに大きくしてあげるからね」

射精後そのまま放置状態であった淫茎はいまだに精液と熟女の愛液で濡れていたが、さすがにしぼんで亀頭が下を向いていた。かすかに鼻腔を衝く淫臭に腰がざわつく。

「ち、智咲音、さん……」

「大丈夫、私を見て。私の身体を楽しむことだけ考えて、ねッ」

女子大生の後方にチラリと視線を向け不安そうな顔をした少年がなんとも可愛い。智咲音は右手で拓海の頬を優しく撫でつけ、チュッとキスをした。そして右手で拓海の右手を取ると円錐形の美巨乳へと誘った。

「智咲音、さん……ゴクッ」

「あんッ、拓海くん。いいわよ、お姉ちゃんのオッパイ、好きなだけモミモミしてちようだい。こっちは私がちゃんと……」

生唾を飲んだ少年が本能に従うように弾力豊かな左の膨らみを揉みあげてきた。与えられた直接の刺激に背筋がゾワゾワッとしてしまう。腰を切なそうにくねらせつつ右手を今度は淫茎にのばすと、粘液でヌチョッとしている肉竿を優しく握ってやる。

「ンはっ、智咲音、智咲音、さンッ」

「智咲音、あなた、本当になんてことを……」

拓海の愉悦を伝える声と、妹の淫らな行動に複雑そうな感情をあらわにした紗耶香の言葉が重なった。

(私、本当にお姉ちゃんの前で拓海くんと……ダメ、それは考えないようにしないと。いまは自分のあそこのムズムズを治めることだけに集中して……)

「あぁん、すっごいね、拓海くん、もうこんなに硬く……」

「だ、だって、智咲音さんが握って……くッ、そ、それに、こんなふうにオッパイまで触らせてもらっちゃったら……」

「ふふっ、私のオッパイも気に入ってくれているのね。美也子さんほどじゃないけど大きいでしょう。あぁん、あなたのここもとっても素敵。お姉ちゃんのオマ×コ、もうグショグショよ」

（ヤダ、私、こんなエッチな言葉、彼氏の前でも使ったことなかったのに高校生の男の子に対して言ってるなんて。それも、お姉ちゃんがそこで聞いているのに……）

恥ずかしさを振り払うように囁きかけた卑猥な言葉。それがさらなる羞恥を生み出していた。だが同時に、自身の言葉に興奮した肉体が大量の淫蜜を滴らせ、内腿に垂れ落ちてきた。

「ち、智咲音さん！」

右手に握るペニスが大きな胴震いを起こした。拓海の左手が右乳房に這わされ、両手で量感と弾力を堪能するように揉みこんでくる。

「あんッ、拓海くん、いいわ、揉んで。もっと、私のオッパイ、揉みしだいて」

愉悦に顔をゆがませつつ、手首のスナップをいっそう利かせていく。新たに漏れ出した先走りが垂れ落ち、ヂュッ、グチュッと粘ついた摩擦音を立てはじめた。

「ンはッ！　ち、智咲音さん、ダメ、そんな激しくしごかれたら僕、また……」

「あぁん、ダメよ、まだ出さないで。もっと我慢して。ねえ、来て。この硬くて熱いオチ×チンで私のことも感じさせて」

射精感を訴える少年に、智咲音は再びチュッとキスをすると右手を離した。悩ましく潤んだ瞳で拓海をまっすぐに見つめながら後ずさりし、壁際まで移動すると向きを変え両手をついた。プリッと上向きな形のいいヒップを突き出していく。

「智咲音さん、あの、ほ、本当にいいんですか」

「うん、いいよ、来て。というか、ほんとにさっき中途半端だったから満たしてくれないと、おかしくなっちゃう」

下腹部に張りつきそうなペニスを重たげに揺らしながら近寄ってきた拓海に、智咲は上気した顔を向けコクンッと頷いた。

「智咲音ちゃん、あなた本当に紗耶香さんの、お姉さんの前で……」

「なるべく意識しないようにしてるんですから、お願いですから姉のことは言わないでください」

美也子の呟きにイヤイヤをするように首を左右に振っていく。姉にとっては衝撃的な展開なのだろう、チラリと視線を向けると完全に固まってしまっていた。そのとき拓海の左手が括れた腰を掴んできた。

「はぁ、智咲音さんの綺麗なオマ×コにまた……本当に挿れちゃいますからね」

少し上ずった声が聞こえた直後、濡れたスリットに亀頭先端がピタッとあてがわれた。刹那、腰が震え背筋に期待が駆けあがる。

「うん、いいよ、来て」

「えっ、ちょ、ちょっと待って智咲音、ひ、避妊くらいはちゃんと」

「あんッ！　来てる……拓海くんの硬くて熱いのが、うぅン、あぁ、す、すっごい。これだけで私、軽くイッちゃいそう……」

紗耶香が慌てたように声をあげたのと拓海が腰を突き出したのがほぼ同時だった。張りつめた亀頭が閉じ合わされた膣道を圧し開くように侵入してくる。その瞬間、智咲音の脳天に強烈な快感が突き抜け、視界が一瞬白く塗り替えられそうになった。


「くはッ、あぁ、キッツい……智咲音さんのここ、やっぱりとんでもなくキツキツでエッチなウネウネがいっせいに絡みついてきて、はぁ、僕もすぐにまた……」

「あぁん、いいよ、出して。美也子さんの膣中に出したのと負けないくらい濃いの、私の、お姉ちゃんの膣奥にもいっぱいちょうだい」

挿入直後から拓海は右手も女子大生の腰にあてがい力強く腰を前後させていた。それに対して快感に顔をゆがめた妹が甘いおねだりをしている。

（ま、まさか本当にこんなことが……智咲音の、妹のセックスを目の当たりにする日が来るなんて……）

ほんの数メートル先で繰り広げられている男女の営み。実の姉ですらハッとするほどの美貌を誇る大学生の妹が、高校生の男の子に後ろから貫かれ艶めかしい喘ぎをあげている現実に、紗耶香は完全に気圧されていた。

「本当にしているのね。紗耶香さんの前で、拓海くんと智咲音ちゃんが本当にエッチしちゃってるなんて……」

紗耶香よりも近くで二人の痴態を見つめている美也子の声もゾクッとするほどに悩ましく聞こえる。

（ダメだわ、こんなのいつまでも見ていたら私まで変な気分に……すべてを見なかったことにして自宅に戻るべきなのに、身体が固まったみたいに動かない）

秘密にする約束をしなくても、実妹や義姉の痴態を誰かに話せるはずもなく心に留めておくつもりであった。であれば、関わりを避けるためにも行為が終わるまでは自宅で待機しておいたほうがいい。頭ではそう理解しつつも、その場に根でも生やしてしまったかのように足が動かなくなっていた。

（足が動かないのなら、せめて目をそむけて見ないようにすべきなのにそれもできないなんて……あぁん、智咲音が、十歳以上年の離れた妹が年下の男の子とのエッチであんなに色っぽいオンナの顔をするなんて。いったいどれだけ気持ちがいいのよ）

夫との性行為が確実に減りはじめているだけに、智咲音が見せる満ち足りたオンナの顔が紗耶香の性感をくすぐっていた。三十路をすぎ女盛りを迎えた肉体が刺激を欲して暴れだしそうだ。肉洞全体が切なそうに打ち震え牝蜜が滲み出していく。そしてレギンスに包まれたヒップもあからさまにクネクネと揺れ動いていた。

(それにさっきからの話から考えると、拓海くんはお義姉さんの膣中に出す前にも一度、智咲音の口に……だとすれば三発目ってことよね。いくら若いからってそんな立てつづけに……それもあんなにたくましくそそり勃っていたなんて……)

ついいましがた目にした少年のペニス。下腹部に張りつきそうな勢いを誇っていた強張り。あれがすでに二度の射精を経験したあとの淫茎である事実。その旺盛な性欲に紗耶香の子宮にはズンッと重たい疼きが襲った。

(聡史さんがエッチに淡泊(たんぱく)な部分は確かにあるけど、それでも三連続であんなに勢いがいいだなんて……あんなので突かれたらどうなっちゃうのかしら)

脳内で目撃した拓海の硬直が映像を結び、その力強さを思うと膣襞が味わってみたいと蠕動し、腰が震えてしまう。さらなる淫蜜が漏れ出し、パンティの股布にはっきりとした湿り気が感じられる。

(ダメ！　そんなこと考えては絶対にダメよ。あぁん、どうして。見ちゃいけないってわかってるのに、視線が智咲音たちから離れない)

男子高校生の若い漲りで肉洞をこすられる場面を想像したとたん、紗耶香の背筋を背徳のさざなみが駆けあがった。気づくと右手がグレーのレギンスの股間へとのびていた。薄布どころかアウターにまで女蜜が染み出してきているのがわかる。

(あぁん、私のここ、こんなに濡れちゃってる……妹のエッチでこんなに興奮させられるなんて……許されないことなのに、でも……)

オンナの本能が右手の中指と人差し指を前後に動かし、数枚の生地越しではあったが秘唇に刺激を送りこませた。スリットが撫であげられるたびに、ピクッ、ピクッと小刻みに腰が跳ねあがっていく。

「うンッ、はぁ、あぅん……」

押し殺したうめきが自然と唇からこぼれ落ちている。さらに空いていた左手がTシャツをほどよく押しあげている乳房へと這わされた。そのままブラジャー越しに乳肉を揉みこんでしまう。するとさらなる悦楽に快楽中枢が震えだした。

「あぁ、智咲音さん、気持ちいいよ。智咲音さんのここ、とんでもなくキツいからただでさえ僕のが押し潰されちゃいそうなのに、エッチなヒダヒダまでが激しくしごいてくるから、ほんと、あっという間に……」

「はぁン、もっと、もっと私の膣中、楽しんで。うンッ、私のそこ、ナマで使わせてあげるの、拓海くんが初めてなんだから、元カレにだって許してこなッ！　あんッ！　すっごい……そんな激しく膣中抉られたら、私も、もう……」

「ほんとすっごいよ。智咲音さんの膣中、さらに締まってキュンキュンしてきてる」

数メートル先では男子高校生が女子大生のヒップに激しく腰を叩きつけ、絶頂へと昇りつめようとしている。紗耶香の耳にも卑猥な摩擦音と少年の腰が妹のヒップをパン、パンッと叩く音が届いていた。興奮に呼吸がさらに荒くなり、瞬きも忘れ見つめてしまう。その間も三十路妻の両手は刺激を求めて己の身体を弄りつづけている。

「あっ！　さっ、紗耶香さん、あなた……」

「いや、ダメです、見ないでください、お義姉さん」

息が荒くなっていたのを気づかれたのか、こちらに視線を向けてきた美也子が驚きの声をあげた。その瞬間、羞恥が一気にこみあげてきたものの、昂る肉体が手を止めるのを拒否していた。

「うぅ〜ン、お姉ちゃんも裸になってこっちに来なよ。拓海くんのコレ、本当にとっても気持ちいいんだから」

熟女の声に反応した妹の視線がこちらに向けられた。悩ましく潤んだ瞳と悦楽にゆがんだ相貌で見つめられると紗耶香の背筋に背徳の震えが駆けあがった。

「だ、ダメよ、そんなことは許されないんだから。あぁん、智咲音、お願いだからいま私を見ないで」

先ほどは紗耶香に見られることに羞恥を覚えている様子だった妹。その立場が逆転していた。

「恥ずかしがることないよ。私だって、自分がこんなエッチだったなんて拓海くんとするまで知らなカッ、はンッ！　ふ、深い……そんな膣奥まで突かれたら私、あぁ、壊れ、ちゃう、よ……あぁン、拓海くん、たくみ、くンッ」

「ンはっ！　し、締まる……ダメ、そんな思いきり締めつけられたら本当に僕のが潰れちゃう……はぁ、智咲音、さン……」

「あんッ、わかる、拓海くんのが私の膣中でさらに大きく……でも、待って。まだ、出さないで、お願い。あとで好きなだけ、私のここ、使わせてあげるから。だから、一度、抜いてくれる」

「えっ？　ぬ、抜くんですか……は、はぃ……」

快感に声を裏返らせた智咲音の言葉に、それまで激しく腰を繰り出していた少年が戸惑った様子で動きをおとなしくした。射精感をやりすごしているのだろう、下唇を嚙み快感と戦う顔をしつつ、拓海が素直にペニスを引き抜いていく。

抜かれた強張りは卑猥な粘液でヌチョヌチョとなり、亀頭はさらに張りつめ少し赤黒くなっていた。その肉槍のたくましさに三十路妻の蜜壺がキュンッと震え、一気に淫蜜を溢れ出させたのが、レギンス越しに秘唇を触る指先にはっきりと感じられる。

「さあ、お姉ちゃんもいっしょに……」

智咲音が歩み寄ってきた。快感を途中で中断させているだけに切なさはそうとうなものなのだろう。その顔はゾクッとするほどにエロチックであった。そしてなにより妹のスタイルのよさに陶然としてしまう。長身で一見スレンダーにも見えるプロポーション。だが、弾むように揺れている円錐形の膨らみは驚くほどにたわわだ。それに比してウエストは羨ましいほどに深く括れ、湿り気を帯びて光っている楕円形の陰毛がなんとも艶めかしい。

「ち、智咲、と……」

「さあ、こっちに来て」

かすれた声で目の前に来た妹と対峙した直後、女子大生の右手が紗耶香の左手首を摑んだ。そしてそのまま前へ、バスタオルを身体に巻きつけた状態で推移を見守っていた義姉の横へと導かれた。

(えっ、嘘、私の足、普通に動いてる。なんで、さっきまではまったく……)

先ほどまで根が生えたように動かなかった身体。だが智咲音に手を引かれるとなんの抵抗もなく軽やかに足が進んでいた。そのことに少し愕然としてしまう。

「だ、ダメよ、智咲音。夫を、聡史さんを裏切るようなことはできないわ」

せめてもの抵抗のように口をついた言葉。嘘はないつもりだが、視線は少年のペニスに釘付けであり、そのたくましさに肉洞が切ない蠕動を起こし、さらなる蜜液を漏らしていることも理解していた。

「そうよ、智咲音ちゃん。それだけは、紗耶香さんを、弟の家庭を巻きこむようなことだけはやめて」

美也子が戸惑いの表情で智咲音に思いとどまるよう促してくれた。義姉の気遣いに感謝を覚える同時に、少年の強張りに性感を揺さぶられている自身の淫性に総身が震えてしまう。

「別に私はお義兄さんを裏切れなんて一言も言ってないですよ」

姉の目が拓海の股間から離れていないことに気づいているのだろう、智咲音の瞳が悩ましくも悪戯っぽく細められた。

「お姉ちゃんは妹の私を守るために、仕方なく拓海くんを受け入れるのよ。妹の私が恋人以外の男性とエッチしないですむようにって」

「なっ!? そっ、そんなこと……」

とんでもない詭弁にまじまじと妹の顔を見つめてしまった。美也子も、そしてとうの拓海でさえも呆気に取られた様子で智咲音を見ている。

(そんなことできるわけがない。聡史さんを裏切る云々の話ではなく、他人の家の蔵整理に一週間も泊まりがけで協力してくれている拓海くんを、高校生の男の子を悪者にするような真似、そんな最低な行為、無理に決まってるじゃない。あっ! だからご褒美なのね。手伝ってくれた対価として拓海くんの性欲を……)

拓海は紗耶香に見つかった当初、自分が熟女や女子大生を無理やりにエッチしたことにしてくれと言っていた。汚名を着ることで長瀬家に縁のある二人を守ろうとしたのだ。原因は初日に脱衣所で美也子の裸を見てしまったことだから、と。

おそらく義姉は裸を見たことを気にした少年と話をしたのだろう。その結果、どういう経緯をたどったのかは不明だが肉体関係に繋がった。そこに意味を持たすための言葉が「ご褒美」であり、なんらかの理由で実妹もそれに関係することになったと考えれば、この一連の行為に苦しいが説明がつくような気がする。

(だったらその流れに乗って……聡史さんには申し訳ないけど、でも、最近、全然かまってもらえてないいし、いまの身体の疼きをなんとかできるのなら……)

少年を利用する結果に変わりはない。だが、少なくとも良心の呵責（かしゃく）にさいなまれることはなくなる。

「なるほどね。でも、拓海くんを悪者にするようなことは絶対に許されないわ。だって『ご褒美』なんでしょう」

「お姉ちゃん？」

「さっ、紗耶香さん！」

紗耶香の言葉に智咲音は訝しげな顔となり、美也子は明らかな困惑をその声に乗せていた。

「長瀬家のためにお義姉さんや智咲音がそこまでしてくれているのに、長瀬の嫁である私がなにもお礼しないのは間違いよね。ねえ、拓海くん。私の身体でも『ご褒美』になるのかしら？お義姉さんや智咲音ほどスタイルよくはないんだけど」

「いや、それは、当然ですけど……でも、あの、紗耶香さん、僕はおばさんや智咲音さんとのことをないしょにしてもらえればそれ以上は……」

「紗耶香さん、なにを言っているのあなた。これは本来、私と拓海くんの問題なの。智咲音ちゃんを巻きこんだことも申し訳ないのに、さらにあなたまで……」

「違いますよ、お義姉さん。お義姉さんは巻きこまれた側です。だって、実家とはいえ長瀬の家の蔵整理なんですから。だから、巻きこんだ側、いま現在長瀬の家に住んでいる嫁の私が手伝ってくれたお礼をするのは当たり前のことじゃないですか」

美也子の言葉に首を振った紗耶香は、詭弁に詭弁で返す滑稽さを感じつつもなにかを吹っ切るようにTシャツを脱ぎ捨てた。下からあらわれたのは、適度な大きさの乳房を守るなんの変哲もないシンプルなベージュのブラジャー。

「さ、紗耶香、さん……」

「ごめんなさいね、拓海くん。お義姉さんや智咲音ほど胸、大きくないけど、我慢してね」

三十路妻がいきなり下着を晒したことに驚きと戸惑いをあらわにした少年に微笑みかけ、紗耶香は両手を背中に回すとブラジャーのホックを外した。パサッと下着を床に落とす。お椀を伏せたような綺麗な円形の膨らみ。妹ほどのたわわさはないが形の美しさでは負けていない。その乳房に熱い視線を感じ腰が震えてしまった。

「紗耶香さん、本当にあなた……」

「ふ～ん、そういうことか。美也子さんが気にすることではなさそうですよ。姉は単にお礼っていう名目で拓海くんの硬いの味わおうって魂胆なんですよ。もしかして、お義兄さんと上手くいってないの？」

「そんなことないに決まってるでしょう。単純にお礼です。それに、そのほうが智咲音も安心でしょう。なにせ私を共犯にできるんだから」

したり顔を見せる女子大生を軽く睨み、紗耶香はレギンスとその下の薄布をいっぺんに脱ぎおろした。股布が秘唇と離れた瞬間、ンチュッとかすかな蜜音が鼓膜を震わせ、それがさらなる背徳感を呼び覚ます。

「じゃあ、そういうことにしておいてあげる。ねえ、お姉ちゃん、本当はけっこう期待してるでしょう。クロッチ、グショ濡れっぽいけど」

からかうような智咲音の言葉にハッとして脱いだばかりのレギンスを見る。すると裏返ったパンティの股布部分が丸見えの状態となっており、自身の指で撫でつけていたため浮きあがった淫裂の形と、あからさまな濡れジミがありありと飛びこんできたのだ。その瞬間、恥ずかしさで全身が燃えるように熱くなった。

「そ、そんなこと智咲音には関係ないでしょう。ねえ、来て、拓海くん」

羞恥を誤魔化すように紗耶香は妹から視線を外した。そして三つ並べて置かれていた座布団の一つに膝をつき、拓海にヒップを突き出す形で四つん這いとなったのだ。

「さ、紗耶香、さん……ほ、本当に？」

「ええ、もちろんよ。お義姉さんや智咲音ほど気持ちよくなれないかもしれないけど、私からのお礼も受け取ってちょうだい」

「本当にいいんでしょうか？」

「あまり望ましいことではないんだけど、紗耶香さんがここまでしてくれているんだから、ありがたく『お礼』は受け取っておけばいいと思うわよ」

「そうよ、拓海くん。姉のこと、その硬くて熱い、気持ちいいオチ×チンでメチャクチャにしちゃっていいから」

紗耶香の言葉に心配顔となり美也子にお伺い（うかが）を立てた少年に、義姉は少し困った顔をしながらも頷き、実妹は面白がるようにけしかけていく。

「は、はい、それじゃあ、あの、お、お言葉に甘えて……あぁ、紗耶香さんのここ、エッチに口が開いていて、本当にもうぐっしょり濡れてる……ゴクッ」

「お願い、恥ずかしいからあまり見ないで」

（あぁん、見られている。拓海くんに、手伝いに来てくれている十代の男の子にいやらしく濡らした場所を、聡史さん以外にさらしてはいけない部分を私……）

三十路妻の真後ろに膝をついた拓海の言葉に、カッと頬が熱くなる。だが同時に期待をあらわすように肉洞はわななき、受け入れ準備が完了していることを示すように新たな淫蜜を秘唇から溢れさせた。

少年の左手が紗耶香の左腰を摑む。手のひらの熱さにゾクッと腰が震えた直後、張りつめた亀頭がほのかに口を開けた膣口にピタッとあてがわれた。

「あんッ、拓海、くん……」

「さ、触ってる。僕のが今度は紗耶香さんの、智咲音さんのお姉さんの綺麗でエッチなオマ×コに……いっ、挿れます、よ」

甘いうめきをあげた紗耶香に対し、拓海が少し上ずった声で挿入を宣してきた。

「姉のエッチを見物するなんて、なんか変な気分ですね」

「私だってそうよ。紗耶香さんの、聡史のお嫁さんが拓海くんとなんて……」

「いや、見ないで！　お義姉さんも智咲音も恥ずかしいからこっちを見ないで、できればどこかほかの場所にッ！　はンッ！　き、来てる……硬いのが膣奥まで一気に……はぁン、ほんとになんて硬くて、熱いの」

義姉と実妹の会話にいっそう羞恥を煽られた紗耶香が抗議の声をあげていると、拓海が勢いよく腰を叩きつけてきた。ンヂュッと粘つく摩擦音を立てながらたくましい肉槍が蜜壺に圧し入ってくる。その瞬間、紗耶香の脳天に激烈な快感が突き抜けた。

（挿れられちゃってる。拓海くんの、高校生の男の子のオチ×チン、受け入れちゃってる。あぁ、ごめんなさい、聡史さん。私、あなた専用の場所に拓海くんを……はぁ

ン、でも、これ、ほんとにすっごく硬くて、熱い。智咲音やお義姉さんが嬉しそうな声をあげていた気持ち、わかるかも）

膣道を満たす十代少年のペニス。三十代半ばの夫とはその漲り具合がまるで違っていた。その背徳感が紗耶香の性感をいやでも煽ってくる。

「紗耶香さんのここも、おばさんや智咲音さんと同じくらいに気持ちいい……」

「あっ、はぅ、ンッ、すっごい……拓海くんので膣中、こすられると、私も……いけないことなのに……あぁん、聡史さん、ごめんなさい。でも、この子の、うンッ、気持ちいいところ、こすってきてる」

拓海が愉悦の声をあげながら腰を前後に振っていた。それに対して義妹も卵形の愛らしい顔を喜悦にゆがめ、夫に詫びを入れながらも甘い喘ぎを放っている。

（本当に紗耶香さんまでが拓海くんと……聡史、ごめんなさいね、私が洋介の友だちと変なことになっちゃったせいで、あなたの奥さんまで巻きこんでしまったわ）

座布団に膝をつき四つん這いになった紗耶香の後ろに陣取った少年が、三十路妻の腰を両手でガッチリと摑みながらその蜜壺に強張りを穿ちこんでいる様子を見つめ、美也子は弟に対する罪悪感を覚えていた。

だがその一方、艶やかな顔を晒す義妹の姿と喘ぎに先ほど満たされたはずの肉洞がわななき、新たな淫蜜と膣中に出された拓海の精液が混ざり合った粘液がドロッと秘唇か流れ落ち、内腿を濡らしてきた。

(あんッ、ヤダ、拭ったつもりだったのにまた垂れてきちゃってる。それだけいっぱい膣奥に出されていたのよね。ダメ、こんなの見てたら私もまた……)

バスタオルを身体に巻きつけたあと、逆流してきた粘液は巻きつけたタオルの裾で拭っていた。だが、実際にはまだまだ膣中に残され、義妹の性交に興奮させられたことで圧し出されてきたようだ。

「どう、お姉ちゃん。拓海くんの、なかなかいいでしょう」

「いや、智咲音、お願いだから、いやらしい顔、見ないッ、はぁン、ダメよ、拓海くん。いま胸、触られたら、わ、私……」

「うわッ、し、締まる……紗耶香さんのオッパイ、触ったら膣中が一気にギュッってしてきて……はぁ、気持ちいいです。紗耶香さんのこのウネウネも、弾力と柔らかさがミックスされたオッパイも……くぅぅ……紗耶香さんも感じてくれてるんですよね、だって、ここ、乳首、コリコリしてる」

紗耶香の横に膝をつき姉に感想を尋ねる智咲音に、三十路妻が恥ずかしそうに顔をそむけた。ほぼ同時に少年の両手が腰から離され、四つん這いになったことでほどよく量感の増した膨らみへとのばされていた。小刻みな律動をつづけながら人妻の乳肉を揉みあげ、親指と人差し指でピンク色の突起を挟みクニクニッと弄ぶ。

「あんッ！　ダメ、お願い、拓海くん、乳首は……あぁん、私、そこ、弱いの、だから、あッ、はぅ～ン……」

その瞬間、紗耶香の腰が小刻みに痙攣しはじめたのがわかる。義妹が拓海のペニスで絶頂に導かれようとしている。その現実を目の当たりにし四十路妻の肉洞も刺激を欲して卑猥な蠕動を繰り返していた。

「あぁん、拓海くん、おばさんも我慢できなくなってきちゃったわ。ねえ、お願い、また、おばさんにも拓海くんの硬いのちょうだい」

昂る疼きに抗しきれなくなった美也子は身体に巻いていたバスタオルを剝ぎ取ると紗耶香の左隣の座布団に膝をつき、息子の友人に向かって卑猥な淫裂を突き出した。

「お、おばさん！」

「おねえ、さん？……あんッ、すっごい、拓海くんのがさらに膣中で大きく……」

「拓海くんは私が連れてきた子だもの。やっぱり最後は私が……さあ、来て」

悦楽にゆがむ顔に驚きを浮かべた紗耶香に、美也子は艶然と微笑み返した。

（私、本当になんていやらしいことを……でも、ダメ、オンナの快感を思い出した身体が拓海くんを求めちゃってる。妻でも母でもなく、オンナになりたがってる）

「あぁ、おばさん……」

「あんッ、そんな、いま抜かれたら、私……」

「スミマセン、すぐにまた紗耶香さんに戻りますから。少しだけおばさんに」

ウットリとした声をあげた少年が強張りを抜いたのだろう。紗耶香がどこか残念そうな声をあげた。それに対して軽く謝罪をした拓海が美也子の後ろにやってきた。

「す、すごい、おばさんのここ、ぱっくり口を開けてる。なんてエッチなんだ。それに……膣中からさっき出した僕のが……」

「あぁん、そうよ。せっかくくれた拓海くんのミルク、逆流しちゃってるの。だから早く、拓海くんの硬くて大きいので栓をして」

かすれた声の拓海に対し、美也子は豊臀を左右に振って挿入を誘った。

「は、はい。じゃあ、あの、また……」

少年の左手が熟腰に這わされ、ほぼ同時に卑猥に口を開く淫裂に亀頭があてがわれた。その直後、張りつめた亀頭がぬかるんだ蜜壺に入りこんだ。痺れるような愉悦が背筋を這いのぼり快楽中枢が激しく揺さぶられる。

「あんッ、来た。また、拓海くんの硬いのが……あぁん、動いて、好きなだけおばさんの膣中にこすりつけて気持ちよくなって」

「ンはぁ、おばさんのウネウネ、エッチなのに優しく絡みついてくるから、すっごく気持ちいいです」

「いいのよ、自由に使って。おばさんのでよければ好きなだけ、はンッ、いいわ、おばさんも拓海くんのでこすられると、すっごく……うンッ、はぁ、とっても素敵よ」

間髪を入れずに繰り出された律動。グジュッ、ニュジュッと卑猥な性交音が瞬時に起こり、張り出したカリで膣襞をしごかれると、それだけでめくるめく快感が全身を駆け巡っていく。

「拓海くん、やっぱり、私も欲しいよ。ねえ、最後は私にちょうだい」

「あぁん、それはダメよ、智咲音ちゃん。紗耶香さんはあなたを守るために拓海くんを、ンッ、だから、あなたがまたエッチしたらお姉さんの献身(けんしん)を無にすることに」

「いや、姉の行為はお礼ってことになったんだから、いいじゃないですか」

「それでも、いまは紗耶香さんと私に、あんッ、待って、拓海くん、まだ……」

潤んだ瞳で挿入を懇願する女子大生にいさめの言葉を送った直後、ペニスが引き抜かれてしまった。

「ごめんなさい、おばさん。でも、まずは紗耶香さんを……」

拓海はそう言うと友母の後ろから再び三十路妻の後方に移動した。先ほどと同じ四つん這いで待っていてくれた紗耶香。適度に口を開けたその淫裂は薄褐色で、見た目の印象は四十路妻ほどの卑猥さも二十歳の女子大生ほどの清廉さもなかった。

「あんッ、拓海くん、また私に挿れてくれるのね」

「はい、また、紗耶香さんにお邪魔します」

智咲音ほどの美形感はないが愛らしく整った相貌を悩ましく上気させる人妻の腰を左手で摑み、三人の美女の蜜液と自身の白濁液で淫猥な光沢と香りを撒き散らすペニスを右手に握ると、そのまま紗耶香の肉洞に再挿入を果たした。ンヂュッとくぐもった音を立て強張りが淫壺に入りこむと、とたんに膣襞が襲いかかってきた。

「はンッ、また拓海くんのが……ねえ、動いて。私のことをいっぱい気持ちよくッ、あんッ、すっごい、そんな激しく突かれるの初めて、かも……」

「紗耶香さんのここ、すっごくエッチですよ。おばさんはもちろん、智咲音さんよりも膣中のウネリが激しくて、一番エッチかもしれません」

三十路妻の蜜壺は三人の中でももっとも貪欲であり、押し入ったペニスを食らいつくそうとするように絡みつき、奥へ奥へと引きこんでくる。それに抗うように腰の動きも自然と激しくなってしまうのだ。

「へぇ、お姉ちゃんのあそこが一番淫乱なんだ」

「いや、そんなこと言わないで。私はそんな……拓海くんも変なこと言わないで」

「スミマセン、でも、本当に紗耶香さんのここ……くぅ、締まってます。智咲音さんが話しかけたらいっそう……あぁ、気持ちいいです」

（ヤバい、僕も射精したいのずっと我慢してるから、もう限界が近いかも。でも、今日はすでに二回も出させてもらってるんだから、もっと我慢しないといけないのわかってるけど、紗耶香さんのここ、本当に……）

女子大生が面白がるように姉に声をかけたとたんに人妻の肉洞全体がギュッとその締めつけを強めていた。締めつけそのものは智咲音のほうが上であったが、卑猥な膣襞の蠢きがプラスされると、射精感が一気に盛りあがってきそうになる。

「あぁん、私も、うンッ、いけないことなのに、私も、気持ちいいわ。あんッ、ほんとにダメ、そんな力強く膣中こすられたら、私……」

「ごめんなさい。本当に紗耶香さんのここ気持ちいいから、腰、止まらないです」

両手で紗耶香の腰を摑んだ拓海はさらに律動を激しくした。パンッパンッと腰が人妻のヒップに勢いよくぶつかるたびに、まだまだ張りのある尻肉が波立つように揺れていく。

「あぁん、拓海くん、あなたも出ちゃいそうなのね。お顔が蕩けちゃってるわよ」

「はい、でも、出す前に紗耶香さんを……」

四つん這いから膝立ちに体勢を変えた美也子の指摘に頷き返し、拓海は腰振りをさらに速くしていった。

「あんッ、はぁ、強い、ちょ、ちょっと強いよ、拓海、くンッ」

「ねえ、拓海くん、やっぱり私も欲しいよ。私が一番、中途半端なんだからね。ほら、せめてここだけでも触って」

快感の喘ぎを漏らす実姉の右隣で膝立ちとなる女子大生が切なそうな目で見つめてくると、拓海の右手を自らの股間へと誘ってきた。中指からヌチュッとした女肉の生々しい感触が伝わってくる。

「あっ、ち、智咲音、さん」

「うンッ、触って、拓海くんの指でクチュクチュして」

悩ましく眉根を寄せる美人女子大生の甘ったるい言葉に生唾を飲み、拓海は小刻みに指を動かした。ぬめる女肉の感触に背筋が震えてしまう。クイッと指先を鍵状に曲げると、ニュルッと肉洞に入りこむ。生温かなぬくもりと入り組んだ膣襞の感触がはっきりとわかる。

「はンッ！　そう、そうよ、膣中、もっと刺激して」

「あぁ、智咲音さん……くッ、はぁ、紗耶香さんのここ、さらにキュンって……」

「智咲音、あなた、拓海くんの指で……」

「そうだよ、お姉ちゃんに硬いオチ×チン挿れながら指で私のあそこを……あんッ」

「こんな場面を見せられたら私も……拓海くん、おばさんのことも忘れないでね。ほら、空いている左手はおばさんのここに……」

義妹姉妹に触発されたのか、艶めいた声をあげた美也子に左手を摑まれそのままたわわな膨らみへと導かれた。手のひらにありあまるボリュームの熟乳のしっとりと吸いつき、指がどこまで沈みこんでいくような蕩ける手触りに陶然としてしまう。

「はぁ、すっごいよ、これ。紗耶香さんのあそこに挿れさせてもらいながら、智咲音さんのオマ×コとおばさんのオッパイを同時に……あぁ、ダメだ、僕、もう……」

あまりに現実離れした状況に理解が追いつかなくなってきた。同時にペニスを襲う貪欲な膣襞の蠕動に追いつめられそうでもあった。そのため拓海は左右の手でそれぞれ秘唇と乳房を弄りつつ、メチャクチャに腰を前後させはじめた。卑猥な摩擦音が大きくなり絶頂感が押し寄せてくる。

「あっ、はっ、ダ、ダメ、激しい……ンッ、そんな思いきり膣奥、突かれたら、私、わたし、あっ、イグッ、もう、いッ、イッぢゃううぅぅ……」

拓海が達するより前に紗耶香の全身に激しい痙攣が襲いかかった。その瞬間、肉洞が一瞬弛緩する。だがすぐに意識を取り戻したように肉槍に絡みついてきた。

「はぁ、ダメだ、出る！　僕も、もう……」

「待って、ダメ、膣中は、ンッ、今日は危ない日なの。だから膣奥は、許してぇ」

ビクン、ビクンッと腰を震わせる紗耶香が息も絶えだえな様子で訴えてきた。その言葉に拓海はこみあげる射精感を寸でのところで抑えこんでいく。

「拓海くん、おばさんによ。紗耶香さんの代わりにおばさんの膣奥に」

「あぁ、おばさん……」

いち早く反応した美也子が再び四つん這いとなり、淫猥な女穴を突き出してきた。必死に絶頂感に耐えつつ紗耶香の肉洞からペニスを引き抜いた拓海は、右手の指も智咲音の秘唇から引き抜き熟女のもとへと戻った。直後、ヒップを高々と掲げていた三十路妻が蔵の床にグッタリと突っ伏していく。

横目でそれを見ながら拓海は射精をせがみ小刻みな痙攣を起こす強張りを、躊躇いもなく友母の淫裂に突き入れた。とたんに熟女の蜜壺で優しく包みこまれ、柔襞が労るように硬直をさすりあげてくる。

「はぁ、き、気持ち、いい……やっぱりおばさんの膣中が一番優しくて、甘やかされてるみたいだ」

「はぁン、来てるわ。また、拓海くんの熱いのが膣奥まで……うぅん、いいのよ、いっぱい甘えてくれて。我慢しないで出していいからね」

「は、はい、ありがとうございます」

甘く囁く美也子に頷き返し、拓海は射精に向かって早速腰を前後に振りはじめた。グチュッ、ニュヂュッと瞬く間に粘つく性交音が起こり、甘やかな肉襞でペニスが絶頂へと誘われていく。

「あっ、ズ、ズルいです。美也子さんはさっき膣中に……もう、拓海くんもだよ。私が一番中途半端なの知ってくるくせに」

「ごめんなさい。でも、おばさんのお誘いを断るなんて僕にはできませんから」

「うンッ、それでいいのよ。はンッ、深い……届いてる。拓海くんの先っぽが私の子宮に……うぅン……」

「はぁ、おばさん、出すよ。僕、またおばさんの膣奥に出しますからね」

悦楽にゆがんだオンナ顔で振り向いた熟女の色気に背筋を震わせつつ、拓海はラストスパートの律動に入った。欲望のエキスが発射口を求めて暴れまわっている。輸精管への圧が高まり、亀頭がググッとさらに張り出し噴火の前兆（ぜんちょう）をあらわにした。

「もう仕方ないな。美也子さんに出していいから今度は私のここ、触っていて」

少しすねたような声でそう言う美人女子大生に右手を摑まれ、今度は円錐形の美巨乳へと誘われた。友母ほどではないが充分すぎるボリュームの乳肉。揉み応え抜群の弾力には感嘆の思いがこみあげてくる。

「あぁ、智咲音さんのオッパイ、大きいだけじゃなく弾力もすごいよ」

「あぁん、揉んで。優しく揉み揉みして、そしてそのあとは……」

「ンむっ！」

淫靡に潤んだ瞳で見つめてきた智咲音の美貌が一気に近づき、次の瞬間には唇が奪われていた。すぐさま舌が突き出され、拓海の唇をノックしてくる。促されおそるおそる舌を突き出すと、すぐにニュルッと粘膜同士が絡み合った。

（あっ、す、すっごい……ディ、ディープキスってやつだ、これ。おばさんのあそこに挿れながら智咲音さんとこんなエッチなキスしちゃってるなんて）

腰を前後に動かし熟襞でペニスをしごきあげつつ、ヂュパッ、ヂュパッと舌を絡め唾液交換をしていると、脳がポーッとしてきてしまった。

「あんッ、すっごい！　拓海くんのがさらに大きく……はぁン、来て。おばさんもイクから、だから、いっしょに……」

「ンパッ、はぁ、出る、おばさん、僕、もう、あッ、あぁぁぁ、お、おば、さンッ」

キュンキュンッと締めつけを強め膣奥へと誘ってくる柔襞の動きに、拓海がついに限界を迎えた。キスを中断しつつも右手では女子大生の豊乳を揉みあげ、ズンッとひときわ力強くペニスを肉洞に穿ちこむ。コツンッと亀頭が熟女の子宮とキスをした瞬間、猛烈な勢いで駆けあがった白濁液が美也子の膣内に解き放たれた。

「はンッ！　来てる、拓海くんの熱いのがまた……あぁっ、イクわ、おばさん、また拓海くんのミルクで、イッ、イッくぅぅ〜〜〜〜ンッ」

激しく全身を痙攣させ隣の紗耶香と同じように突っ伏してしまった美也子。射精をつづけるペニスがズリュッと肉洞から抜け落ち、噴きあがった精液が友母の背中に降り注いでいく。

「はぁ、おば、さん……」

次の瞬間、脱力したように拓海はバタンッと後ろに倒れこんでしまった。背中に感じる床板の冷たさがなんとも心地いい。

「ねえ、拓海くん。次は本当に私の番だからね」

あおむけに横たわる拓海の顔を覗きこんできた智咲音が腰に跨がってきた。

「わかってますよ。でも、少しだけ、休憩、させて」

「ええ、もちろんよ。オチ×チンはあとで私が大きくしてあげるからね」

艶やかな微笑みでそう言うと、女子大生が身体を重ね合わせてきた。弾力豊かな膨らみが胸板で潰れる感触に背筋がゾクリとしてしまう。さすがに三連続射精で勢いを失っていた淫茎がピクッと反応していく。

「あぁ、智咲音さん……」

かすれた声で呟くと、クスッとした智咲音が再び唇を重ねてきた。

(もう無理って思ったけど、智咲音さんが相手ならあと一回くらいできるかも)

ついばむような優しい口づけにウットリとしつつ、拓海は美人女子大生の背中に両手を回し抱き締めていくのであった。

エピローグ

「はぁン、とっても素敵だったわよ、拓海くん」

美也子が熱っぽい声でそう言うとゆっくりと身体を離した。熟女が完全に腰を浮かせてしまうとペニスが肉洞から抜け落ちてしまう。艶めかしいぬくもりと甘く包みこまれる感触の消失(しょうしつ)を残念に思いながら拓海も身体を起こし、ベッドの縁に並んで腰をおろした。

「僕のほうこそ、すっごくよかったです。ありがとうございました。また、こんなことができるなんて、ほんと夢みたいです」

床に直接置いていたペットボトルを取りあげ、ミネラルウォーターで喉を潤した拓海は、ウットリとした眼差しを左隣に座る友母に向けた。

九月。二学期がはじまって最初の週末。場所は拓海の自宅であった。父親は相変わらず海外出張中であり、実質一人暮らしの家。そこを美也子が訪ねてくれたのだ。友母に会うのは蔵整理の手伝いを終え東京に戻ってからは初めてのこと。

久しぶりに会った熟女の美しさと優しい雰囲気にたまらなくなった拓海は、玄関でいきなり美也子を抱き締めてしまった。すると少し驚いた様子を見せながら友母も抱き締め返してくれ、拓海の自室の狭いシングルベッドで身体を許してくれたのだ。

「そんな大袈裟な。それで、夏休みはけっきょく東京にいたの？　ごめん。おばさんにもお水ちょうだい」

「あっ、はい、どうぞ」

ペットボトルを美也子に渡し、改めて夏休みの出来事を話した。

美也子とは連絡先の交換をしていたが、友人の母親と頻繁に連絡を取り万一バレたら怪しまれるのではという思いから、極力、接触を避けようと考え、世話になったお礼のメッセージを送っただけにしていたのだ。

「亡くなった母の実家が神戸なんですけど、連絡が来たのでお盆前くらいから一週間ほどそっちの祖父母の家に行っていました。あと八月の後半の一週間はスペインに。父が長期出張しているのは中東なんですけど、ハブ空港の役割もあるスペインへの便は割と多いらしくてそれで誘われたので」

「あら、じゃあ、けっこう充実していたのね。よかったわ」

「まあ、そうですね。でも、ずっとおばさんにまた会いたいって思っていたんです。有坂は部活で忙しそうだし家にお邪魔する用事もないから諦めていたんですけど、まさかおばさんのほうから連絡をいただけるなんて。ほんと感激です」

拓海が陶然とした眼差しを隣の熟女に向けると、友母も優しく微笑み返してくれた。それだけで胸が温かくなってくる。

数日前に学校で美也子の息子である洋介から「母さんが蔵掃除のお礼、改めてしたいって言っていたから、そのうち連絡あると思うぞ」と言われていたのだ。実際、その翌日に美也子から連絡があり、この日の来訪が決まったのである。

「あ、あの、おばさん、もう一回、いいですか」

ウットリと美也子を見つめたまま、拓海は右手を友母の左乳房にのばした。たまらないボリュームと蕩ける柔らかさの乳肉を愛おしそうに揉みあげていく。その柔らかさと量感にペニスが一気に天を衝く。

「あんッ、拓海くん。でも、そろそろ智咲音ちゃんが来ると思うんだけど」

悩ましく眉を寄せた美也子が拓海の願いを受け入れつつもヘッドボードの置き時計に視線を向けた。時計のデジタル表示が午後一時五十三分を示している。

そう、この日は美也子だけではなく智咲音も訪れることになっていた。もともと午後一時の予定であったが女子大生は急用が入ったらしく、一時間くらい遅れるという連絡が来ていたのだ。

「智咲音さんが来るまでの間だけでも」

甘えるように言った拓海は熟女をベッドに押し倒しその上に覆い被さった。

「あんッ、拓海くんったら。ねえ、こっちに戻ってから、智咲音ちゃんとは会っているの？」

「いえ、一度も。連絡は取りましたけど、八月は僕も予定が入ってしまったし、智咲音さんも……スケジュールが合わなくて。だから、智咲音さんと会うのもおばさんのご実家以来なんです」

美也子の問いかけに首を振ると、拓海は右手で左乳房を捏ねまわし右乳首をパクンッと咥えこんだ。とたんに甘い乳臭が鼻腔いっぱいに広がり、恍惚感が増していく。完全勃起のペニスが小刻みに跳ねあがり、むっちりとした太腿にこすりつけるとそれだけで射精感が襲ってきそうだ。

「はンッ、うぅン……」

甘いうめきをあげた友母が優しく髪の毛を撫でつけてくれた直後、マンションエントランスのインターホンが鳴らされた。どうやら智咲音が到着したらしい。

もっと熟乳に甘えていたい気持ちを抱きつつ拓海は部屋を出ると、リビングにあるインフォメーションパネルのモニターで女子大生を確認してから、オートロックを一時解除した。

「時間どおりに来たみたいね」

「はい。ちょっと出迎えてきます」

いったん部屋に戻った拓海は美也子の言葉に頷き、床に落ちていたバスタオルを腰に巻いた。直後、今度は部屋の前のドアホンが音を立てた。小走りで玄関に向かい、鍵と扉を開けてやる。

「いらっしゃッ、えっ!? さ、紗耶香さん!?」

ドアを開けた瞬間、そこに立っている人物を見て拓海の声は完全に裏返った。そこには智咲音だけではなくその姉である紗耶香の姿もあったのだ。三十路妻は上京したばかりなのか、手には旅行カバンを持っている。

「こ、こんにちは」

バスタオルを巻いただけの拓海に驚いた様子の三十路妻が小さく頭をさげてくる。

「あっ、は、はい、こんにちは。お久しぶりです。あっ、ど、どうぞ」

慌てて脇に寄り女子大生とその姉を部屋の中に招じ入れた。

「お邪魔しま〜す。なんか、玄関から早速エッチな匂いがしてるんですけど。拓海くんのその格好といい、私を待たずに美也子さんとお楽しみだったのね」

靴を脱ぎあがりこんだ智咲音が鼻をクンクンッとさせ甘く睨みつけてきた。その後ろで紗耶香が恥ずかしげに目を伏せつつ靴を脱いでいる。

「さ、紗耶香さん……あなた、どうして？」

先ほどの拓海の声が聞こえたのだろう。同じくバスタオルを身体に巻きつけた状態で美也子が廊下に出てきた。

「ま、まあ、廊下で話もなんですから、まずはリビングにどうぞ」

若干、顔が引き攣るのを感じながら拓海は美人姉妹をリビングに案内した。二十畳ほどの広さのＬＤＫ。奥の窓側には黒い革張りのカウチソファが、その手前にダイニングテーブルのセットが置かれている。とりあえずテーブルセットの椅子を二人に勧めた。アイランドキッチンでお茶の用意をしようとすると智咲音が首を振り、手招きをしてきた。

「お茶くらい、出しますけど」

「美也子さんは夕方には帰られないといけないでしょうし、時間がもったいないわ」

「それにしても、今日はどうしたのよ、紗耶香さん。急に東京に来るなんて」

「明日、大学の同期の集まりが急遽開かれることになって。どうやら、友人の一人が結婚するみたいで、それで……今夜は智咲音の部屋に泊めてもらうんですけど、拓海くんのご自宅に行くということだったので、それなら改めてお礼をと思って」

バスタオルを巻いた姿で戸惑いを浮かべる美也子の問いかけに、三十路妻は目を伏せたまま説明をしてきた。どうやら智咲音の急用というのは、姉が急遽上京してくることになったことらしい。東京駅まで迎えに行き、そのままこちらに来たそうだ。

「お礼なんて言ってますけど、本音は拓海くんとのエッチが忘れられなかったってことみたいですよ。だから、お礼は姉の身体らしいです。どうする、拓海くん」

「ど、どうって言われても、あの……」

「智咲音、変なこと言わないで。私は本当に先月のお礼を言いたかっただけで……本当です、お義姉さん、わ、私は、別にそんな……」

からかうように言葉を挟んできた女子大生に拓海が返答に窮していると、紗耶香が慌て気味に反論しオドオドとした視線を美也子に向けた。

「そんな不安そうな目で見ないでちょうだい。私がなにも言えない立場なのはこの格好を見ればわかるでしょう。いいじゃないの、やはりお礼は大切だもの。私だってそのために来ているんだし。それに、たまには羽をのばすことも必要よ」

「お義姉さん……」

「ということだから、拓海くん、早速シャワーに案内してくれるかしら」

義姉の言葉に安心したのか紗耶香の肩から力が抜けたのがわかる。それを見ていた智咲音に促され、拓海は美人姉妹を脱衣所へと案内した。リネン棚からバスタオルとフェイスタオルを取り出し二人に渡すと、ドアを閉めてリビングへと戻る。

「うふっ、モテモテね、拓海くん。まさかこのタイミングで紗耶香さんがこっちに来るなんて思っていなかったわ」

「確かに紗耶香さんの登場には驚きましたけど、でも、僕はおばさんのことが一番」

蠱惑の微笑みで出迎えてくれた友母に憧憬の眼差しを送った拓海は、そのまま熟女を抱き締めた。バスタオル越しでも熟れた肉体の柔らかさとぬくもりが伝わり、ほのかに鼻腔をくすぐる甘い体臭にもウットリしてしまう。ペニスが完全に臨戦態勢を取り戻し、バスタオル越しにグイグイッと美也子の下腹部に押しつけていく。

「あんッ、拓海くんったら、本当にいけない子なんだから」

「おばさんが悪いんですからね。おばさんがこんなに綺麗で、優しくて、それにこんなエッチな身体をしてるから……だから、僕は……」

艶やかな表情を浮かべる熟女に言い返し、拓海は友母の身体に巻かれたバスタオルを剝ぎ取った。ぶるんっと悩ましく揺れながら姿を見せた豊乳に右手をのばし、その量感と柔らかさを堪能するように揉みあげていく。

「はンッ、拓海、く、ン……いいわ、だったらおばさんがちゃんと責任、取ってあげる。拓海くんが満足するまでここにたまったミルク、搾り取ってあげるわね」

甘いうめきをあげた美也子の右手で拓海もバスタオルを剝ぎ取られてしまった。間髪を入れず、ほっそりとした熟女の指先が強張りに絡みつき、優しく上下にこすりあげられる。

「あぁ、おばさん。約束ですよ。これからも僕と……」

痺れる愉悦が背筋を襲うなか、陶然とした眼差しで美也子を見つめると友母の瞳が優しく細められた。そしてどちらからともなく顔を近づけ、初めての口づけを交わすのであった。

◉新人作品**大募集**◉

マドンナメイト編集部では、意欲あふれる新人作品を常時募集しております。採用された作品は、本人通知のうえ当文庫より出版されることになります。

【応募要項】 未発表作品に限る。四〇〇字詰原稿用紙換算で三〇〇枚以上四〇〇枚以内。必ず梗概をお書き添えのうえ、名前・住所・電話番号を明記してお送り下さい。なお、採否にかかわらず原稿は返却いたしません。また、電話でのお問い合せはご遠慮下さい。

【送 付 先】 〒一〇一‐八四〇五 東京都千代田区神田三崎町二‐一八‐一一 マドンナ社編集部 新人作品募集係

童貞少年と友人の美熟母 蔵で濡れる甘美な女体（どうていしょうねんとゆうじんのびじゅくぼ くらでぬれるかんびなにょたい）

二〇二四年 六 月 十 日 初版発行

著者◉綾野 馨【あやの・かおる】

発行◉マドンナ社
発売◉二見書房
東京都千代田区神田三崎町二‐一八‐一一
電話 〇三‐三五一五‐二三一一（代表）
郵便振替 〇〇一七〇‐四‐二六三九

印刷◉株式会社堀内印刷所 製本◉株式会社村上製本所 落丁・乱丁本はお取替えいたします。定価は、カバーに表示してあります。
ISBN978-4-576-24038-1 ◉Printed in Japan ◉©K.Ayano 2024

マドンナメイトが楽しめる！ マドンナ社 **電子出版**（インターネット）……https://www.futami.co.jp/adult

 Madonna Mate